張大千與張學良的晚宴

張國立 著

序　這是一本小說

來是空言去絕蹤，月斜樓上五更鐘。
夢為遠別啼難喚，書被催成墨未濃。
蠟照半籠金翡翠，麝薰微度繡芙蓉。
劉郎已恨蓬山遠，更隔蓬山一萬重。

唐朝・李商隱（公元九世紀）

目錄

十三年後

一九九四年，民國八十三年，蘇富比台北拍賣公司的現場坐滿了人，因為這天要拍賣的是張學良所收藏的藝術品。蔣經國死後，國民黨政府已正式解除對張學良所有的管制，外傳他可能去夏威夷探視兒子，也可能在夏威夷待一陣子後就回大陸探親，這一走還會不會回台灣呢？不僅收藏家，包括學者、記者、國民黨都關心這次的拍賣會。

眾人魚貫進入會場拿到拍賣目錄，幾乎他所有的收藏都在目錄上。有人看著搖頭，有人嘆息，更多的則彼此交頭接耳，張學良不會再回來了。

當然，感嘆歸感嘆，每個人坐定後最關心的仍是今天拍賣的內容，這些年來，張學良的收藏早被行家鎖定，看起來今天不會有人失望。

畫與書法一件一件以高價尋得買主，此時主持人出示一張裱裝得很精美的小小書法，他特別做了一番介紹：

「這是張大千先生於民國七十年農曆正月十六日請張學良夫婦與前總統府資政張羣

先生吃飯，所寫下的菜單，而各位先進都知道，大千先生每回請客，習慣上會先寫好菜單。這天的菜好酒好，賓主盡歡，餐後張學良先生向大千先生要了這張菜單，不僅題了字，大千先生一時玩心大起，於菜單空白地方加了幾筆，就是各位見到菜單上多了幾顆蘿蔔與大白菜的原因。我們訂的參考價格是新台幣三十萬元，有興趣的女士先生請出價。」

話才說完，立即有人舉牌喊出五十萬，接著一路攀升，最後以二百五十萬元成交，現場譁然，即使拍賣結束仍議論紛紛。

會場外，一個揹著相機掛著記者證的年輕人拿著拍賣目錄站在門口發呆，忽然有人叫住他，是位穿著黑色套裝提男人用公事包的女子，她喊：

「魯台生，你是魯台生對不對？」她伸手拿起掛在年輕人胸前那張記者證看看，「你還真當了記者？不認得我了？復興中學後面那個梁如雪呀。」

「梁如雪？」年輕記者驚訝地看著眼前的女人，「就是張學良對面警衛室裡的那位梁姐姐？」

「想起來了？那年你考上大學，你們教官還特別提了一盒水果到我們辦公室報喜訊，還記得他對我們主任說，呵呵，」梁如雪俏皮地眨眼笑著，「他是這樣對我們主任說的，你們這些老傢伙搞一輩子情報，這回看走眼了吧。」

魯台生靦腆地也跟著笑，他對於考上大學這往事，唯一的記憶是放榜日躲在床上裝感冒，提不起勇氣去台灣大學校門口看榜單，是小乖在他家窗口扔石子，媽去應的門，只聽到小乖喊：

「魯媽媽，台生考上了。」

他不太相信，大熱天將自己罩在厚厚的棉被裡，直到小乖掀開被子，

「媽的，哭個屁，你媽給了我錢，讓我們出去吃東西去。」

那年他十八歲，晚上喝了人生第一瓶啤酒，對著家門前的水溝吐，吐得月亮都散了。

「走，」梁如雪拉著他往前走，「請你喝咖啡，找個地方聊聊，多少年啦？」

「十三年，」他說，「十三年。」

一九八一年（民國七〇年）一月七日星期三（距離大年初二，還有三十天）

北投復興高中後面圍牆，三個穿著軍訓黃卡其制服反戴大盤帽的高中生翻出牆，彷彿剛越獄成功的無期徒刑犯，頭也不回急著往後山跑，他們經過彎曲的狹窄柏油路面，穿過一株突出於某戶人家竹籬笆外的相思樹下，終於在復興三路七十號深鎖的厚重木門前停下腳步蹲著喘氣，然後其中一個大喊：

「張學良好！」

七十號對面水泥砌的違章建築衛哨內，衝出兩名著深咖啡色中山裝的便衣人員，追著罵高中生：

「又來搗蛋，你們教官是幹什麼吃的？」

高中生早已喘完氣跑出便衣能追到他們的範圍外，另一個穿喇叭褲的回頭繼續喊：

「教官摸魚把馬子去囉。」

三個高中生跑跑叫叫，很快便消失在視線外。

便衣人員在七十號周圍繞了繞，沒見到其他人員車輛，兩人回到警衛哨前，其中個子高的便衣摸出軍方發的國光牌香菸，彈出一根給矮的，在冷風中小心點著火，高個子看著七十號高大的圍牆與牆上的鐵絲網問：

「他們今天都沒出門？」

矮的吐出一口菸，縮著脖子搖搖頭，

「報告學長，又冷又濕，誰也不會想出門。」

高個子瞪他一眼，

「嫌冷嫌濕？才當一天班就頂不住？」

警衛室的電話響起，矮個子要去接，被高的攔下：

「桌上有三隻電話，中間那隻直通單位，可以撥，不能接。右邊的緊急通知用，只准接不准撥。最左邊是從張學良家接出來的分機，既不准接也不准撥，局裡有專人監聽。」

矮個子點頭，兩眼敬畏地盯著左邊那隻黑色沒有撥號盤卻帶著個搖柄的老舊電話機。

高個子對著右邊那隻電話的話筒連續講了幾個「是」，掛了電話走出來什麼也沒說，兩人對著七十號大門又吐出一大口菸，高個子才開口：

「明天一早得去復興中學一趟，他媽的那群小鬼就學不會閉上他們的鳥嘴！」

「聽說他們主任教官是政戰上校，王昇[1]的學生。」

「王昇又怎麼樣？老總統的心腹？他媽的，老總統的心腹有五百萬！王昇的學生就自以為是升天的雞犬，了不得？媽的王昇，看他能再神氣多久，手上有個政戰系統以為能跟太子爭天下？呸。」

「每個人都有關係。」矮個子小心地接話。

「是啊。」高個子也緩下口氣，「凡政戰的都說是王昇的學生，凡搞我們這行的都說是戴笠老爺子的徒弟。你呢？」

矮個子兩手插褲袋踩著細腿笑：

「報告學長，那麼我也當然是戴老爺子的徒弟。」

高個子一拳打在矮個子胸膛，

「這就對了，大家都有關係，who怕who，只要氣壯，誰也摸不清誰和誰有關係。」

矮個子接過話，

「這才叫關鍵性的關係。」

兩人笑起來。

雨從葉片縫隙往下滴，其中一滴恰好落在高個子的菸頭，發出滋的一聲。他低頭看看菸，信手便扔在地面，

「我去看看歐巴桑的晚飯做好沒，她老是捨不得加辣椒，沒那股轟人的辣勁，雪裡蕻哪來的味道。」

「對面的煙囪冒煙了。」

「張家今天燉獅子頭。」高個子轉身要往裡面去，「他家傭人早上買了絞肉、荸薺和白菜。」

「熱騰騰的獅子頭連著湯汁澆在白飯上。」矮個子看著自己的鞋頭說，「能吃兩碗白飯。」

「好啦，我去催歐巴桑早點開飯，少他媽餓死鬼模樣。盯緊點，警備總部[2]撤了哨之後，就剩下我們，不能出事。」

矮個子沒再搭腔，似乎他仍停留在獅子頭那口砂鍋的遐思中，若是鍋底再帶點焦味就更妙。此時一陣風掃過，可能風中帶著張家的菜香味，他伸出舌頭舔了舔嘴唇。

這是一九八一年一月七日，距離農曆春節二月四月，還有約一個月，電視台的氣象主播指著氣象圖說，今年最強的一股冷鋒從西伯利亞南下，與昨天相比，黃昏開始氣溫將下降八度至十度，淡水最低溫在九至十一度之間，主播慢條斯理地說，出門前請記得

穿上厚外套也別忘記雨具。

張學良家對面的警衛哨是方形水泥屋，兩扇平常很少打開的木窗像眼睛似地瞪著對面張宅大門。水泥屋內是張長桌，除了三台電話機，角落擺著收訊很差的小電視機，矮個子抖抖衣服上的水珠，出去調整架在一棵樹上的天線，他看看濃雲密布的天空，不禁又縮縮脖子，此時整個大屯山區已籠罩在綿綿細雨中，如同國畫裡的山水，分不清是霧是雨。

•

七十號兩公尺多高的圍牆與木門後方是個庭院，四周種了樹，也擺了好些盆蘭花，庭院左側是兩層樓灰撲撲的方形洋房，因為濕氣重，牆縫間不知何時已冒出些小草和苔類植物。進門後中央是通往二樓的樓梯，旁邊掛著張大千畫的《黃山九龍瀑》，藍與黑的山嶺上有一間農舍與一處涼亭，畫的右上方題著許多字，其中有「漢卿先生」四個字。

樓梯將一樓區隔為兩個部分，右邊是客廳，靠裡邊放著一張暗褐色的木製圓桌和四把弧形靠背圓椅，左邊是書房，書架上堆著歪七扭八顯然經常被抽出來又隨手放回去的書籍，而偌大的原木書桌上也擺滿東西，尤其醒目的是兩盞檯燈並排且同一角度垂在桌面上。書、紙張與雜物之間有一個很大的長方形鬧鐘，分針指著它右邊的《孫子兵法》。而《孫子兵法》與桌子前沿一摞疊得高高的書，幾乎遮住牆上署名「經國」寫的一副字：「森森君子節，奕奕古人風。」

面對書桌的牆面中央是個看起來入冬後從未使用過的壁爐，上面擺著四幀老夫妻合照的相片夾、蔣介石的紀念金幣、蔣介石與蔣宋美齡合照所製成的磁盤，另有三座寫著致贈單位名稱的座鐘。最引人注意的還是掛在壁爐上方牆壁正中，有著蔣宋美齡簽名的國畫，兩側另各掛一幅長形的國畫。

張學良穿件暗紅格子毛料厚襯衫，戴著黑色毛線帽坐在書桌後，他剛放下電話，對著客廳喊：

「小妹，大千來電話，請我們過年去他家吃飯。」張學良笑著說，「張大帥請張少帥。」

傳來趙四小姐的聲音；

「你們三張一王轉轉會[3]又到吃飯的時候啦？哪天？」

「預定大年初二，跟張岳公、王新衡約好了他再打來。」

仍是趙四小姐的回應：

「你怎麼老喊他張大帥？」

「要怪去怪記者，大千那年回台灣，一家報紙把他的稱呼少寫一橫，張大師就成了張大帥，跟我，同行，他大，我少。」

「你們這二張喲。」趙四小姐帶著點嬌嗲的聲音。

張學良低頭鑽回桌面上零亂的信件中，他弓著枯瘦的身子窩在大旋轉椅內又喊：「我的放大鏡呢？小妹，看到我的放大鏡嗎？」

他打開兩盞檯燈，移開桌上的紙張、書籍，

「剛才還用，這會兒又不見——」

「你呀，」趙四小姐的聲音傳來，「我們家買放大鏡跟買菜一樣，得天天買。過來吃飯了，獅子頭配金防部司令前陣子送來的高粱。」

「來了。」

張學良應了聲，不過仍在桌上桌下找放大鏡。突然他拍了自己後腦一下，接著伸手拿過《孫子兵法》，比茶碗還大的放大鏡夾在書裡。

•

化名劉田單的某情治單位辦公室內，這是棟兩層式的長方形水泥樓房，由頂部纏著鐵絲網的水泥牆圍住，進去後是一大片鋪了水泥的停車場與籃球場。辦公樓內每間房的裝潢擺飾都很簡單，木桌木椅，一律按照國防部和教育部的規定，進門右手邊的那面牆上掛先總統蔣公的遺照與遺囑，左手邊這面牆則掛蔣經國的照片。一樓左側電訊室最特別，靠天花板的梁上還貼著藍紙剪出「反共抗俄」四個已褪色並一角脫落的標語字。

電訊室的中央是排電話總機，兩邊各三個人忙著竊聽被鎖定者的通話，穿棉襖留撇小鬍子的小陸在電話紀錄簿上急促地寫著字，然後拉掉耳機，邊起身邊轉身匆忙要往室外衝，幾乎撞到剛進來另一個同事。小陸點頭說了聲「對不起」，三步當兩步往外小跑步奔出去。

電訊室外是長廊，每間房的門口都有塊木牌寫著機動組、執勤室之類的單位名稱，他攀上大樓正中的樓梯間，閃過三個人，到二樓一扇上半部鑲毛玻璃的門前，對著毛玻璃上的「辦公室主任」五個字小聲敲了兩下。

屋內傳出聲音：「進來。」

小陸恭謹地開門，彎腰進去。

這是間不大的辦公室，入口旁是排三人座的紅木長椅，鋪著紅色方形如豆腐般的椅墊與靠背墊，上面繡著黑絲線綴出的蝙蝠圖案。窗前有一長排鐵櫃與張恐怕可以追溯到日據時代的木頭辦公桌，主任從公文中抬起頭。他大約六十歲，中分的髮線露出曾染過髮的淡黃痕跡。也許臉中央的圓框眼鏡關係，也許上嘴唇修剪整齊的小鬍子，使他看起

「受訓成績不錯，河北石家莊人？」
「是，家父河北石家莊，家母屏東客家人。」
「老太爺是軍人？」
「剛退伍。」
「退輔會安排到哪兒工作？」
「原本安插到榮民工程處，不過他以前受過傷，左腿中槍，兩個膝蓋也有嚴重的關節炎，尤其這個季節，風濕痛，拒絕了退輔會的安排，領終身俸在家休養。」
「哪個單位？」
「哦，」梁如雪頓了頓，「沒單位，退伍在家休養。」
「我是說，」主任抬起頭，看到梁如雪的清秀模樣愣了愣，「他是陸軍？以前在哪個師？」
「報告主任，陸軍，剛入伍好像是在新三十八師。」
「青年軍，哼，孫立人的。」
「是，青年軍。」
「妳大學法律系畢業，不去考律師，當初為什麼報考本單位？」
「受父親影響，為國效力。」

「嗯，難得，現在的年輕人喲，個個想去做生意賺美金，頹廢。妳模樣討喜，正好有個工作派給妳，要機靈、嘴甜、隨時待命。」主任指指桌前的椅子，「坐。」

梁如雪聽命，挺直腰，受訓時吃飯時的姿勢，屁股只坐椅面的三分之一。

「妳對張學良了解多少？」

「課本上讀到的，他發動西安事變——」

「不叫發動，」主任已將座椅朝後滑離桌面，兩手交叉在胸前看著梁如雪，「那是陰謀推動叛黨叛國的西安事變。」

「是。還有，他被稱為張少帥，東北王——」

「花花張少帥，東北就被他送給了日本人。還有呢？」

「他和共產黨是同路人，在共產黨的指使下，發——陰謀推動西安事變綁架先總統蔣公，以至於——」

「以至於剿共行動功虧一簣。」主任搶過話，「他是近代中國歷史上最大的罪人，否則戰後中國在國民黨領導下積極建設，早就是東亞第一強國。」

「是。」

「多看書，單位圖書室不是設了給你們抽菸抬槓的。有事以後再聊，去找機動組找李隊長報到。」說著，主任兩腳往前在地板上一踩，座椅又滑回到桌前。

「張學良是本單位的重點人物，簽《馬關條約》的李鴻章以來，中國頭號罪人，多下工夫。穿亮一點、花一點、女人味多點的衣服去。如雪，進張家切忌穿制服，趙四不喜歡灰撲撲的女人。」

汽車離去，梁如雪與矮個子便衣彎腰恭送。

「吃過飯沒有？」矮個子笑咪咪地說，「廚房裡還有，今天的雪裡蕻快辣死人，下飯。」

・

張大千和張夫人雯波女士在廚房內忙著，小乙買了一大包海參回來，倒進臉盆，打算放水泡開，張大千搖搖手：

「哪裡買的？」

「東門市場。」

「沒去南門市場？」

「去了，北海道海參沒貨。」

張大千彎腰抓起一條海參，用指頭戳了戳，問：

「山東的還是大連的？」

「老闆只說是渤海灣的。」

張大千拄著拐杖撐起身子，

「雯波呀，妳看怎麼樣？」

張夫人也上前摸摸海參，

「還不錯。」

張大千點著頭，

「嗯，先泡水發兩個禮拜。記得，每六小時換一次水，不准加鹽，要不然發不開。發好了，我先挑幾條做了大家吃吃看。」

提到吃，張大千扶扶鼻梁上的眼鏡，露出笑容。

「海參是好東西，中醫說，補腎。」

小乙也伸手去摸摸海參的刺皮，硬硬的，刮手。

「還有，」張大千叮嚀，「泡好水放進冰箱，馬虎不得。」

•

梁如雪這晚沒住在山上的宿舍，她得回家準備衣物。先打了電話回去，爸媽說等她吃飯。

媽在廚房裡炒菜，還沒進門就聞到她拿手的梅乾扣肉香味。爸已從三軍總醫院復健回來，坐在客廳看晚報。見到女兒，爸放下報紙問：

「分發到哪個單位呀？」

梁如雪急著整理行李，沒回答，先鑽進房。等她換了家居服，也將日常用品、三天要換的衣服塞進華航送的旅行袋，才想起李隊長的交代，打開衣櫥翻出去年冬天買的毛領外套和毛邊短裙，搭配白色高領毛衣，這樣亮眼、夠女人味嗎？

打量著攤在床上的衣裙，爸敲了兩下門就自行推門進來，他看看床鋪，

「不是上班嘛，穿這去？」

「啊唷，爸，我們的工作不一定要穿制服。長官交代，要穿得年輕點，也女人一點。」

爸繃著臉搖搖頭出去，

「做事要有做事的樣子。準備吃飯了。」

家裡的三餐，媽做，以前爸也常做，但他每樣菜都鹹，媽受不了，爸只好退出廚房。媽做客家菜，爸則愛炒醬，每次炒一大碗，放進冰箱，要吃炸醬麵時，他自己擀麵條，配上紅蘿蔔絲、黃瓜絲、豆芽、毛豆當菜碼，熱了醬，澆在麵上，再撒了菜碼拌拌，這是他的最愛。

除了口味不同，廚房也小，擠不進兩個人，加上媽是標準獅子座的女人，不喜歡和別人共用廚房，即使是老公也不例外。

今晚媽炒了魷魚、炒了菠菜、燉了雞湯，加上梅乾扣肉，飯桌上飄著雞湯鍋冒出的蒸氣。

「為女兒加菜？三道葷菜，我可以喝酒了。」

說著，爸去電視機架上拿下他的寶貝馬祖大麴。

「誰不讓你喝酒，肖仔[6]。」媽將飯碗重重往桌上摜。

媽始終不承認她限制爸喝酒，當爸喝的時候，她又嘮叨個不停，什麼血壓高、心肌梗塞。後來爸為自己設定了一項規定，請客時，他可以喝酒，理由是，做主人的總得陪客人熱鬧熱鬧。其實家裡的客人並不多。沒多久他又改為凡有三樣葷菜，他就能喝酒，三道葷菜表示家裡有事，要慶祝，既然慶祝，怎能沒酒。爸就是這種人，從不跟媽吵架，卻也想盡法子給自己找下台階。

「來，祝賀妳受完訓，開始正式的工作。」

他擺上三個酒杯，替梁如雪先倒上，再給媽也倒了點，將自己的杯子斟得滿滿，幾乎溢出杯子。

「又來林洋港[7]那套表面張力，愛喝就喝，還找理由。」媽瞪著爸罵。

從進高中起，家裡三個人吃飯愈來愈悶，爸是古板的軍人，抗戰時從河北逃到西南投軍，幾十年下來，人變得比媽的洗衣板還僵硬，而且梁如雪小的時候，他幾乎都在駐防外島，一年難得見幾次面，等他調回本島，女兒長大，父女間已不知該聊什麼了。

「剛才妳說妳調到新單位開始工作了？」

「我沒說。」梁如雪夾了片扣肉送到爸飯碗裡，「爸，我在情治單位工作，不是早跟你講，工作上的事情我在家也不能談。」

「就像你爸以前，」媽用筷子指著爸，「軍隊裡的事都是國家機密，連調去哪裡也不肯說，全村的人都知道，只有我不知道。老芋仔，攏嘸[8]肖仔。」

爸不再說話，以前偶爾他還會跟媽槓兩句，梁如雪覺得很煩，吵她念書。爸退伍之後，話更少，也不再跟媽槓，那麼他一天能講上幾句話？

還沒吃飯，爸已三杯下肚，臉紅得像門上貼了一整年的春聯。以前拿爸當家具，懶得跟他說話，考上訓練班，念到關於孫立人的資料才恍然大悟，爸不是存心擺張臭臉，而是沒人可以講話。老總統關了孫立人後，孫部舊人就成了異類，被打散分發到不同單位接受政四保防科的監視。沒人可講話，不敢講話。

飯後梁如雪替爸泡了杯濃茶，爸盯著電視新聞看，中共即將公開審判四人幫，江青戴著手銬出現在畫面裡。

「小雪，妳看看，毛澤東的老婆要上法庭，世界變得多快。」

梁如雪挨近父親說：

「爸，我被分發的單位很特別，你可千萬保密。」她扭頭看看廚房，「尤其不能讓媽知道，媽要是知道，全世界就知道了。」

這話說中爸的心坎，他抿著嘴笑起來：

「你媽是中央社[9]，二十四小時發稿。」

梁如雪挨著爸，兩手挽住爸的左臂，小時候她可以在上面盪鞦韆，怎麼一下子就變得鬆鬆軟軟。

「我被派去北投。」她說。

「北投？北投有什麼單位，只有個王昇的政工幹校。」

「不，那是復興崗，上面派我到大屯山的復興高中後山上。」

「去復興高中幹嘛？」

「爸，祕密喔，答應我不能講出去。」

爸看著電視，點著頭。

「我負責照顧張學良。」

爸的眼珠子僵住，他沒轉頭沒開口，嘴對著電視機張得老大，好久好久也沒闔上。

註釋

1. 王昇，一九一七—二〇〇六，黃埔十六期畢業。一九七九年組織劉少康辦公室，權勢很大，因曾任政工幹校（後改稱政治作戰學校）校長與政治作戰部主任，一度集情報工作大權於一身，一九八三年被蔣經國撤銷劉少康辦公室，王昇才失勢。女兒是目前台灣著名的電影導演王小棣。
2. 警備總部，全名為台灣區警備總司令部，一九四九年由陳誠在台灣設立，主要任務是「公共安全」，凡共諜、台獨分子均由其掌控，權力大到連官員聽到「警總請你去喝茶」也會害怕的地步。解除戒嚴後，警總於一九九二年撤除。
3. 轉轉會，張大千、張學良、張羣、王新衡四個好友每月輪流作東吃飯，自稱「三張一王轉轉會」。
4. 蔣介石當年住在士林，一般皆稱之為士林官邸。蔣經國則住在大直，稱為大直官邸。
5. 郭小莊，八〇年代台灣著名的京劇演員，一九七九年她成立「雅音小集」（由張大千命名）對京劇做現代化的改良。
6. 肖仔，閩南語裡「神經病」的意思。
7. 林洋港，前台灣省主席，以酒量好著稱，他斟酒講究酒面要高過杯緣而不溢出來，稱為表面張力。
8. 攏嘛，閩南語裡「都是」的意思。
9. 中央通訊社的簡稱，原隸屬於國民黨的中央文化工作會。

一九八一年（民國七〇年）一月八日星期四（距離大年初二，還有二十九天）

「我叫梁如雪，」她對眼前乾瘦的老人，與一旁穿旗袍也瘦得如竹竿式的婦人鞠了個躬，「局裡派我來聽差遣，副司令與夫人有什麼事要交辦，請別客氣。」

「梁小姐，好，這回總算來了漂亮小妞。」張學良仍坐在書桌後，透過兩片大鏡片看著梁如雪笑。

「當自己家，隨時來。」趙四小姐冷漠地應酬。

梁如雪快速掃描了室內一遍，有股潮味，可能來自那一摞摞的書吧。天氣好點，也許該幫忙曬曬？

「梁如雪，嗯，台灣可看不到雪。梁小姐的老太爺哪裡人呀？」張學良仍笑咪咪看著梁如雪。

「河北石家莊。」

「難怪。石家莊是好地方，三國裡的趙雲老家就在那附近，趙子龍。」

「我爸說過，河北正定，離石家莊好像只有十幾公里。」

「常山，以前叫常山，所以平劇裡才唱常山趙子龍。」

「你呀，」趙四小姐打斷張學良的話，「人家小姑娘，台灣生的，哪去過河北，還常山！」

「哈哈，好不容易來個小妞，我的話多了。」

兩個老人家轉頭去看同一封信。

「這個就不回了，」張學良放下放大鏡說，「我最怕記者，老盯著問西安事變的事，不談。」

「美國記者來的，他們能寫中文也不容易。」

「怎麼回？我最怕回想，人呀，一回想，就前進不了。來是空言去絕蹤，月斜樓上五更鐘。就回李商隱這兩句詩送他。」

「你喲，美國記者哪看得懂李商隱的詩。」

梁如雪正覺得是該告辭的時候，張學良忽然轉頭問她：

「我沒事交辦，也有事交辦。」

「是。」梁如雪有些興奮，張學良主動跟她講話了。

「小妹，」他對趙四小姐說，「咱們今天晚上吃什麼？」

「你不是說天冷，弄個火鍋，再下幾十個餃子？」

「對，餃子。」張學良又看梁如雪，「梁小姐，我交辦妳一樁事，妳們家都吃哪種餃子？」

「酸菜豬肉餡的。」梁如雪直覺地回答。

「嘿嘿，」張學良對趙四小姐說，「石家莊算河南囉，卻吃咱們東北的餃子。」

「我爺爺是河北人，記得我爸說我奶奶是哈爾濱人。」

「難怪，我說嘛，台灣長大的小姑娘怎麼知道東北人的酸菜豬肉餃子。」

張學良像中了愛國獎券，拍著趙四小姐的手：

「酸菜可不是台灣人的鹹菜，是東北的醃白菜，小妹，我們前陣子不是醃了點，還有剩？」

「有。」

「好，我們請梁如雪小姐吃酸菜豬肉餃，不過有個條件——」

梁如雪瞪大兩眼望著張學良。

「妳得幫我們包餃子。」張學良笑呵呵地對趙四小姐說，「小妹，對吧，這叫天下沒有白吃的餃子。」

・

天已黑了，梁如雪步出張家，對面警衛哨一個陌生的便衣朝她揮著手：

「梁小姐，電話。」

梁如雪小跑步過去，接過警衛亭裡的電話，不是主任或李隊長打來的，是趙崗。

「你怎麼打到這裡來？」

「打聽出來，妳忘了我在局裡可算是妳的大學長。」

「什麼事？」

「侍候張少帥挺累人的對吧，聽說趙四脾氣陰晴不定，難搞，還應付得過來？」

「不然呢？剛在他們家吃過水餃。」

「嘿，厲害，果然妳們主任有眼光，找漂亮女生去對付張學良，絕對正確。」

「我工作的事，別到處亂講。」

「是的，梁同志，要我背工作守則嗎？背貴劉田單辦公室的室訓好了，忠樸隱忍，沒念錯吧。好些日子沒見，哪天碰個頭。這星期天看電影？」

「嗯，應該可以。」

「那就說定。」

掛了電話，梁如雪走到亭哨外，除了大門上的那盞昏黃的燈，張家完全被包在高大的圍牆內，聽不見裡面任何聲音。

她打了個嗝，趕忙遮住嘴，夜風裡有蒜味，還有酒味。

一九八一年（民國七〇年）一月十一日星期日（距離大年初二，還有二十六天）

「少帥還好？」

星期天上午梁如雪趕回家拿換洗衣服，媽坐在沙發上看著電視自顧自呵呵笑，爸則依然在飯桌旁看報紙，見到女兒回來，先問候張學良。

「每天看書寫字種花。」梁如雪簡單回答。

「身子好嗎？」

「爸，」梁如雪有點不高興，「他是叛國賊，你老問他的事幹嘛？」

「誰說張學良叛國的？」爸臭起臉，回到小時候從軍隊裡休假回家的那張撲克牌臉孔，「別聽人家亂說。」

「他不守軍法，在戰時綁架直屬上司，不是叛國賊是什麼？」

爸轉過身，不說話了。

「哎唷，家裡談什麼公事。爸，你的張少帥很好。」

「好？」爸的兩眼又發亮，「怎麼個好法？」

「就是不錯，說話風趣，有點可愛。」

「哎，少帥苦了這麼多年，都八十歲的人，還可愛呀。」

「我的工作，照顧他，也盯著他，上面說他是五十年來的最大戰犯。」

爸想講什麼，不過沒講出來。

媽仍不放棄電視，喊著：

「瓦斯爐上有稀飯，自己盛。」

梁如雪盛了稀飯，爸把她最喜歡的唯豐肉鬆瓶子遞來，他知道女兒就愛稀飯配肉鬆。

「爸，你該跟隔壁許伯伯學學，什麼事都想開，平常去爬爬山、到圖書館看看書，別老悶在家裡。你以前不是老說退伍下來要寫武俠小說嗎，現在有空，可以寫啦。」

「少帥可憐唷，當初上了蔣介石的當——」爸的思緒仍停留在張學良上。

「他犯了錯，我長官說，天大的錯。」

「全面抗戰有什麼錯——」

「老頭，家裡不准談政治，一個孫立人還不夠呀，非得再弄點事情搞得警總找上門，把你送去綠島。告訴你，要是被關，我馬上離婚。」老媽一心二用，關鍵時刻總要插話進來。

「在外面不能談，回到家還有妳媽這個錦衣衛大檔頭，也不許談，我呀，」爸扯起嗓門唱起來，「我，好比，籠中鳥——」

「吵死人。」

媽將爸唱的戲當場截斷。

匆忙喝完稀飯，梁如雪進屋換衣服，爸喊：

「要出去？跟趙崗約會？」

「嗯，看電影。」

「下回叫他來家吃飯。」

「你要請小雪男朋友來吃飯？」媽又一心二用。「你做飯還是我做飯。」

「我做。」

「三葷一素，你又有理由喝酒了。」

爸沒理會，進廚房去洗梁如雪剛用完的碗筷。

梁如雪換了衣服提了包，悄悄閃出門，臨拉上門時才喊：

「爸媽，我走了，晚上別等我吃飯。」

梁如雪趕到西門町大天后宮時，趙崗已在那兒，他穿著三件式西裝，外面罩著局裡發的黑呢風衣，見到如雪，一臉微笑迎上來。

「學妹，工作得意？」

「在外面別叫我學妹，噁心。」

「是的，如雪小姐，去新世界看電影，票買好了。」

兩人沿著成都路轉進巷子內，假日到處都是人，他們被擠下騎樓，擠進慢車道。趙崗細心，走在梁如雪身後，免得機車撞著她。

「張大花花公子請妳的餃子，好吃吧。」

「誰是張大花花公子？」

「張學良呀。」

「神經病。他們家包的餃子不錯，很家常味，個個白白大大，咬下去裡面還冒湯汁出來。」

「聽起來張學良用幾枚餃子就已經收攏貴單位頭號美女的心了。」

梁如雪停下腳步，趙崗險些撞到她的背。

「喂，你今天講話怎麼老帶著刺？難道你不明白工作就是工作，請我吃水餃是他做我工作，我誇他家的水餃好吃，也是做他工作。」

「對不起，」趙崗搔搔頭，「誰叫張學良把我女朋友拐走，讓我夜夜相思難眠。」

「相思你個頭，你以為我喜歡每天去侍候他們呀。」梁如雪捶了趙崗一下。

梁如雪的右手挽進趙崗胳膊內，兩人並肩穿過人堆，眼前是掛在新世界戲院外牆的巨大電影看板，預告著春節檔的新片，秦祥林和胡慧中演的《皇天后土》、鳳飛飛的《就是溜溜的她》。

「過年該來看《皇天后土》，不過我想妳八成想看鳳飛飛。」

「誰叫你選這個時候來看電影，春節前都是墊檔片，看什麼《花飛花舞春滿城》，我不喜歡歌舞片，不真實。」

趙崗聳聳肩，摸出電影票假裝撕了，嘴中還發出「嘶」的聲音。梁如雪急著阻止，趙崗又將完好的票在她眼前晃。

「你就是這麼討人厭，油腔滑調。」

「想見妳，得找個理由，除了看電影，實在想不出別的。將就點，別嫌歌舞片，演員至少有沈雁、姜厚任，要不然妳該不會想看《雲知道你是誰》、《寒山飛狐》，還是許不了的《雞蛋碰石頭》、方正和謝玲玲的《大饅頭與俏姑娘》？」

「姜厚任油頭粉面，和你一樣，不老實，我們的沈雁可愛。」

「大小姐，我聽懂話裡的意思，過年的時候我再重請一次，幫妳補回來，《皇天后土》怎麼樣，中影[1]的年度大片。」

離開場還有二十五分鐘，梁如雪想去買爆米花，又放棄，這幾天明明很忙，裙腰卻怎麼緊了。

他們站在對街騎樓下，梁如雪用指頭戳趙崗的腰，

「你為什麼對張學良不滿？」

「不是不滿，從戴笠的軍統局、抗戰勝利以後的保密局、警備總部、安全局，妳看，我們為他花了多少人力，現在連我女朋友也卯上，能滿意嗎？」

「小氣鬼。」

「既然侍候張少帥，改天我拿幾本西安事變的書給妳看看，他喲，糊塗一生。」

「你又知道！」

「不，既然妳負責看管他們夫妻，就該多了解那個老糊塗蛋到底多糊塗。」

梁如雪甩開趙崗的手，往新世界電影院叩叩叩快步走去，趙崗嘆口氣追上。

「好，不提張學良，看完電影我也請妳吃餃子，一條龍[2]的。」

「不必，我得趕回去，看管那個老糊塗。」

梁如雪逕自走進排隊入場的人潮中，趙崗垂頭喪氣跟著。

‧

下午五點剛過，張家的大門開了，張學良在趙四小姐伴隨下走出來，他們已經好一陣子沒散步，今天難得天晴，兩人一前一後，就著暮色慢慢順著復興三路往上坡的粗坑方向走。

兩名值勤的便衣已悄悄跟上，保持十多步的距離，梁如雪也跟上去，張學良見到她，揮起手中的登山杖：

「梁小姐，一起爬山。」

趙四小姐也回頭衝她笑笑。

梁如雪刻意走到趙四小姐旁，沒想到她卻笑著說：

「去陪漢卿，他看我幾十年，看膩了。」

這一說，梁如雪反倒不好意思上前，趙四小姐卻推了她一把，

「看著點，他眼睛不好。」

梁如雪兩個快步走在張學良身邊，這時上回那三個穿著復興高中制服，書包背帶故意放得很長，使書包垂在小腿旁的高中生從後面跟來，見到梁如雪一行，他們抱起書包

朝上坡跑，很快超過去，其中一個還喊著：

「張學良好。」

另兩個跟著發一串笑聲。

張學良揮起登山杖也笑：

「不好好上學，又逃課！」

「今天星期日，只補習，不上課。」

三個高中生又吼又叫，一個彎便不見人影。

「我們這兒下山就一條路，」張學良說，「他們逃課不敢走，教官守在路口，就往上走一段繞到珠海中學那條路再下去，沒想到珠海的教官也守在路口。現在可好，他們又變出條新路線，寧可花一個多小時爬山再繞小路到新北投下山，要是不逃課，不也一樣到放學時候了嘛。這些小鬼！」

「他們都知道漢公住在這裡？」梁如雪低下頭應話。

在局裡受訓時，拉近與對象的距離是四個小時的課，指導員特別交代，處理時不能太急，也不能太麻木。趙四仍在後面幾步遠，她遵照課堂的教導，已小心地將副司令的稱號改成漢公。

「這幾個學生老逃課不念書，偏偏不該知道的事情他們全知道。有回幾十個學生圍在我家門口喊，說要請我吃冰淇淋，還是你們警衛幫我轟走的。門口留了桶冰淇淋，挺好吃的，就是快化了。」

張學良說了就笑起來，對變更的稱呼沒有反應，梁如雪鬆口氣。

後面的趙四小姐跟上來笑著說：

「叫他別吃，他說小朋友的心意，雖然不能見他們，冰淇淋總得吃光，不能浪費。」

下午時沒事，梁如雪翻了翻從圖書室借回來的《西安事變始末》，書裡那位叱吒風雲的豫鄂皖三省剿匪副總司令兼西北剿匪副總司令，跟眼前的老人，怎麼疊不到一塊兒？

「大千請吃飯，講定哪天了沒？」後面的趙四小姐問。

「本來說年初二，我們到大千那兒算是回娘家過年，局裡的那個姓什麼的主任來過，說上頭還沒批下來，再等等，大不了改個期。」

「怎麼改來改去？」

「不又是上頭有意見。」

「喔。」

氣氛頓時沉寂下來。主任來過？他說的「上頭」指的是誰呢？梁如雪想不出來，她查過資料，民國四十八年解除了對張學良「嚴加管束」的命令，那麼還有誰對他們去張大千家吃飯有意見？和張大千吃餐飯得由上面決定，一定有新狀況。

散步一小時，張學良在下山途中扶著趙四小姐，他對梁如雪說：

「前陣子去醫院檢查，醫生說小妹有骨質疏鬆的毛病，走路要當心，萬一閃了一下，很麻煩。我說那乾脆就別用腳走路，弄輛輪椅滾著走，醫生又說不行，每天非得活動活動曬曬太陽，否則更麻煩。妳看，上了年紀的人，動也不是，不動也不是，難怪蔣公老到處立銅像，銅像省得走路。」

張學良自顧自笑著。

經這一說，梁如雪倒是注意到，趙四小姐無論走路或站著，身子總往一邊歪，也許和骨質疏鬆有關？

快到七十號門口，梁如雪正要告辭，張學良卻說：

「來，一起吃飯，熱鬧點。小妹，咱們今晚吃什麼？」

「就愛熱鬧。你不是想吃麵？」趙四小姐說。

「對，麵。」

註釋

1. 中影，中央電影製片廠，原屬國民黨中央文化工作會管轄，如今已改成民營。
2. 西門町的老字號北方菜小館。

一九八一年（民國七〇年）一月十二日星期一（距離大年初二，還有二十五天）

大樓裡仍如往常的寂靜，不過每個人行動時都繃緊臉孔，加快腳步。八點半開會，會議室內已坐了十多位長官，梁如雪意外地被喚來參加。坐在最後一排的角落，如同受訓時，她兩膝併攏、兩掌貼著大腿。

會議室不大，中間的牆上掛著蔣公照片，下面則是幅中國地圖，外蒙古仍畫在版圖內。念到大學畢業，梁如雪都不知道外蒙古早獨立，進局裡以後才聽同學談起，可是所有的地圖，中國仍是片秋海棠，不是老母雞。

主任遲了，室內布滿一層升至天花板的灰濛濛香菸煙霧。

前排一個尖高的聲音響起：

「不就是美軍從沖繩傳來的那條情報，蘇聯潛艇的事。」

有人接腔：

「聽說在台東外面窩了好幾天。」

一陣風灌到梁如雪背部，門打開，主任提著公事包匆忙進來，有人喊「起立」，但主任搖搖手，大家才抬起的腰又落進椅子裡。

「就是那艘潛艇。」主任站在講台前，中國地圖被一幅垂下的台灣地圖蓋住，他指著台東外海，「美軍把情報傳到國防部，轉到安全局，再分發到各單位，我剛去局裡開會。蘇聯R級的潛艇，在接近台東二十二公里的太平洋停留三天，不尋常，上面懷疑俄國老毛子可能送人上岸，要各單位警惕。」

底下發出議論聲，主任擺手制止，

「好了，海防是警備總部的事，抓匪諜是情報局和調查局的事，上面綜合研判，覺得蘇聯潛艇不可能跑這麼一趟專為送幾個老毛子上岸，不馬上被逮才怪。」

他兩眼鋒利地掃過場內每個人的臉孔，

「送上來的一定是中國人，和你我一個樣，說不定還是老劉在重慶的大學同學、蔡副座的福建老鄉，懂意思了吧？」

有人舉手，

「報告主任，上級推測共產黨派人潛入的可能任務是什麼？」

主任朝梁如雪的方向看了看，

「記得明年有什麼大事？」

「中共建黨六十週年。」有人應。

「你們想，慶祝建黨六十年，對岸會搞什麼炮仗、煙火？我們的任務，盯牢每一顆炮仗，千萬別讓他們點著了火飛上天。」

主任抓起公事包，

「劉田單辦公室負責的那些特殊人物，各組各隊明天匯報狀況，同時傳令下去，加強警戒，一個也不准出事，尤其和境管保持連繫，留意可疑的入境者。」

主任又匆匆出去，前面的長官跟著陸續離開會議室，梁如雪弓身站在門口，不料有人拍了她的背心一下，是李隊長，在一屋的香菸味裡，仍能聞到他帶著薄荷香氣的髮油味。

「到我那兒來一下，剛跟復興中學通過電話，妳得去一趟。」

•

「少帥愛吃麵？妳怎麼不早講。」

很少見到爸這麼興奮，他進廚房找菜籃，喊著：

「老太婆，買菜的菜籃呢？」

媽從他們的臥室揉著眼出來，

「老梁，你天良發現，想去買菜呀。」

「對，我想炒個醬給，給，給如雪帶去宿舍，萬一晚上肚子餓，熱一熱，下碗麵，就能吃。」

看著爸提著菜籃要去市場，梁如雪拉住他：

「爸，我們規定不能帶東西進去，也不能帶東西出來。再說我只是回來拿點東西，馬上得趕去北投，不能等你炒醬。」

爸回頭，瞪大兩眼：

「什麼狗屎規定，不就是炒碗醬、幾把麵，妳等我幾十分鐘。」

「而且，爸，今天星期一。」

「星期一又怎樣？不准人吃麵？」

「星期一菜市場公休。」

「別理他，老番癲[1]了。」媽說，「么壽，幾點了，王太太約我去打麻將。老梁，晚飯你自己弄了，星期一我這個老媽子也公休。」她進屋拿包仍不忘又加一句，「煮完你的麵，廚房記得收拾乾淨，老弄得到處是水，誰有空幫你收拾。」

提著包，媽蹬蹬蹬快步下樓。梁如雪聽著媽的足音，還好，看來媽的骨質還沒有疏鬆的問題。倒是爸，他仍提著菜籃，呆呆站在廚房門口。

復興中學離山下的公車站有段距離，而且全是上坡，單位內派不出車，梁如雪從家門口的民生東路搭了公車到雙連站，換火車到新北投站，再換公車，終於喘著氣來到校門口，一個掛上尉官銜，下巴刮得發青，穿淺黃尼龍料海軍制服的年輕教官朝她行了個禮。

已經是午餐時間，校園內卻空蕩蕩，教室內也沒有學生。上尉什麼也沒說，領梁如雪一路朝上走，這才見到一長排穿卡其軍訓服的男學生揹著書包排成一條長龍。

「例行檢查。」上尉說。

長龍的盡頭是條長桌子，兩名教官正檢視每個學生的書包，一邊站著掛三顆梅花的上校主任教官老雷。

李隊長上午對她說過老雷的背景，

「老雷不是綽號，他姓老，總政治作戰部主任王昇的江西小同鄉，見了面妳就稱他老上校，哈哈。」

老雷看起來不老，頂多四十出頭，總有一百八十公分高，穿著背後燙出三條線的筆挺黃卡其陸軍襯衫，兩手背在腰後瞪著經過長桌的每個學生。梁如雪留意到他胸口上別著一枚步槍形狀的勳章，她知道，那是陸軍的神射手標誌。他別的勳章不戴，只戴這枚，大概人在學校，心在軍中吧。

老雷原本一直跟六軍團，有希望升少將，成為最年輕的軍團政戰主任，不知什麼緣故，忽然自請轉調，而且當天就批准，調來這個台北市郊邊緣的學校。李隊長說，王昇在蔣公死後勢力擴展很快，甚至伸手進黨部、國安局，小蔣總統對他很感冒，可能下面的人見風向不對，有些寧可調到不起眼的單位，免得捲入政治鬥爭裡面。不過李隊長也提醒梁如雪，王昇調教出來的人深沉，誰也猜不透他們是不是以靜制動分開避鋒頭，仍得小心提防。

「主任教官好，我是梁如雪——」

他點了點頭，兩眼仍盯著桌面。不得了，梁如雪大開眼界，桌上已堆了十多把木工用的扁鑽，平口的鑽頭都磨得發光，還有彈簧刀、蝴蝶刀、獵刀，更有把軍用的刺刀。現在的高中生到底怎麼了？

「陳國宏，你出列。」老雷發出打雷般的嗓音，「頭髮還不肯剪？過來。」

一個將大盤帽壓得幾乎到脖子的男學生怯生生站出來，戴船形帽的女教官上前摘下那頂大盤帽，手裡的理髮用推子毫不客氣朝那頭厚密的長髮中央推去。

老雷轉身逕自朝山坡旁的貼滿淺紅色磁磚的大樓走去，梁如雪看了上尉一眼，他沒表情，梁如雪便蹬起高跟鞋的小步追在老雷身後。

教官室內也沒人，老雷坐在最裡面靠窗的位置，他拉了另一把椅子往桌前一放，梁如雪只好坐下。

「你們單位來過電話，」老雷終於正眼看梁如雪了。「說我們學生洩密？」

梁如雪覺得該接話，但老雷沒等待，

「張學良住在大屯山是祕密嗎？什麼等級的機密？發公文來。」

沒有公文。

「全北投的人都知道張學良住在那裡，硬要怪我們學生洩密？請你們長官去找國防部、教育部打報告，我沒辦法叫學生假裝那裡住的不是張學良。」

梁如雪一路準備好的說詞一句也用不上。

「妳是新來的？剛受完訓？叫梁如雪？很好，請妳盯牢貴單位的寶貝張少帥，我管好我的學生在校行為，要是放學以後，對不起，不能往他們每張嘴巴都貼塊膠布。要不然，請張學良搬家。」

這個老雷果然難弄，要把他的話傳回單位，請張學良搬家？

「報告。」

一個褲管及膝被剪掉的男學生站在門口，梁如雪記得他，山路上撞見喊「張學良好」的逃課學生。

「高三第七班的魯台生？進來。」老雷喊，「喇叭褲被剪了？憑條喇叭褲你能把上馬子？」

魯台生挪著步子勉強站到離老雷桌子兩步遠的地方垂手站著。

「上次教官做問卷調查，那句轟動江湖的話是不是你寫的？」

魯台生沒作聲。

「請用一句話說明你對教官的看法，」老雷自顧自念著，「魯台生，全校一千多個同學，你寫的最好，聯考作文保證滿分。教官就是只管我們腦袋上面的東西，不管腦袋裡面東西的老師。有創意。」

梁如雪差點笑出來，她悄悄瞄了魯台生一眼，這小傢伙的頭快垂進衣領裡了。

「什麼事？」

「那把刺刀——」

「刺刀是你的？帶來學校做什麼？打算和山下的不良幫派搞場武林大會？」

「刺刀是我爺留給我爸的——」

「我知道，刀柄上刻著七十四師，什麼意思？」

「好像我爺爺以前是七十四師的軍人。」魯台生看著腳尖回話。

「抬起頭！」

他非得用打雷般的聲音講話？

「看著我。你爺爺還在軍隊？」

「早掛了。」

「掛了？這樣稱呼你爺爺？」老雷從椅子內跳到魯台生面前，「七十四師隨張自忠將軍在南瓜店壯烈殉國，你說他掛了？他媽的屄。」

老雷一掌打在魯台生頭上，大盤帽飛到牆壁彈回地面。

「掛了？」老雷吼著。

•

什麼話也沒談上，梁如雪連告辭也沒告成，教官室內亂成一團時，幸好海軍上尉進來，即時拉住老雷，但魯台生已經挨了三拳兩腳。她悄悄離開，這該怎麼向李隊長報告？說老雷是個無法控制情緒的瘋子？

宿舍泛潮，磨石子地面冒出水，被子也濕漉漉，幾乎不能睡人。輪值的三個便衣只剩兩個，第三個氣喘病發作，由救護車送下山。梁如雪一人在廚房內喝歐巴桑剛起鍋的白菜肉絲麵疙瘩，難得她做出這麼道地的外省味。

李隊長在電話裡沉默了很久，嘆了幾口氣，猛喊，老雷呀老雷。老雷以前是陸軍頭號神槍手，一度調去當訓練狙擊手的教官，

「那時大家喊他東京八十萬禁軍槍棒教頭林沖，王昇領出的人不少，偏他升得最快，還不是因為有本事，步科見到他就眼紅，有回射擊比賽，步科放出話，誰能贏了老雷，馬上跳升一級。」

畢竟是政戰出身，黃埔校生瞧他不順眼，

「妳見過政戰兵科的識別符號吧，中間一朵梅花，後面是海軍的錨、空軍的翅膀，再交叉一支筆和一柄槍，遠遠看去像蝴蝶，代表他們能管海陸空。步兵科的是兩柄簡單的步槍，步槍的永遠瞧不起蝴蝶，偏蝴蝶正好管到步槍。」

「傲。」李隊長說，「我來找他聊聊。」

「如果擔心張學良的住處洩密，是不是可以考慮替他換個地方？」梁如雪問。

「換？怎麼換？名義上已經解除對他的管制，再說那棟房子是他自己買的，誰能叫他搬。」

「他可以自己買房子？」

「經國總統幫他找的地，蓋的房，他出的錢，我們能叫他搬嗎？」

吃完麵疙瘩，梁如雪去張宅轉轉，趙四小姐在樓上休息，張學良戴著眼鏡，拿著放大鏡看書，桌面上疊著十多本關於明史的書，不過梁如雪留意到，看的卻是《聖經》。

既然沒事，她回宿舍，用電暖爐烘被子枕頭，閒著又看起《西安事變始末》，趙崗講的沒錯，日本人打到家裡來，開戰是遲早的事，先安內再攘外也對呀，張學良假藉全面抗戰綁架蔣公，是叛黨叛國的叛徒。

正看著，啪，室內的燈光全滅。梁如雪甩下書衝出房，怎麼可能停電，難道出事？她跑到崗哨前，也沒燈光，兩名便衣已守在張宅門口，梁如雪正要過馬路去查張學良還在不在屋子裡，退伍後到局裡當工友的老盧從宿舍門口向她揮手裡的螺絲起子，

「梁小姐，屋裡不能用電暖爐，保險絲燒了。」

•

摩耶精舍內很熱鬧，一群巴西來的老朋友探望張大千，籌畫大師九十歲生日畫展。張大千笑呵呵搖著手，

「今年才八十二，九十歲的事情到了八十九歲再說。」

一個戴鴨舌帽的中年男人喊，

「大師，您不知道，要請各地收藏大師畫作的朋友同意把畫借出來展，得花很長的

時間，先查名單，一家家拜訪，找保險公司、航空公司配合，還有展覽的場地。」

「別找什麼場地，就故宮了。」張大千雖一臉笑容，也顯出若干不耐煩。

雯波夫人進來招呼大家，

「摩耶精舍開飯，一起來。」

另一位穿旗袍的中年女人拍起手，

「就等這餐飯，大師家的手藝已經名揚國際，能吃上一頓，死了也值得。」

「不死不死，」張大千揮手，「什麼都成，就是不能死，死了什麼也吃不到。」

發出哄堂笑聲。

客人魚貫步進飯廳，雯波夫人走到張大千身邊小聲說：

「上頭好像有意見，初二的飯不知吃不吃得成。」

甩著長鬚，張大千逕自朝裡面走去，

「吃不成？我打兩個飯盒上大屯山找漢卿吃，看他們能怎樣。」

註釋

1. 老番癲是閩南語中老頑固、老神經病的意思。

一九八一年（民國七〇年）一月十三日星期二（距離大年初二，還有二十四天）

「魯台生，你再射紙飛機到我們班上，一定告教官。」

馮薇站在女生大樓與男生大樓中間的山坡路上指著魯台生罵，陸桂華則和另一個女生斜著身上站在後面。

「又不是給妳，雞婆什麼。」

「不要臉，」馮薇繼續罵，「要寫情書就自己寫，抄徐志摩的詩射到我們班上來，陸桂華快被同學笑死了。」

「誰叫她不肯給我電話。」

「憑什麼給你？」

「馮薇，別理他了。」陪陸桂華的女生說。

「妳又是誰？」魯台生望著馮薇身後罵回去。

「你強盜還是土匪？」馮薇再罵。

「我追的是陸桂華，和妳們無關，別管閒事。」

陸桂華跺起腳，

「回去啦，告教官。」

三個女生氣沖沖離去，男生大樓響起口哨和掌聲，有人喊：

「魯台生，追上去，人家害羞了。」

空空空，女生大樓的窗戶一扇扇用力關上。接著男生大樓上的人也一下子全不見。

「魯台生，過來。」

是老雷教官，魯台生又要倒楣了。

「你有三個選擇，一，每天放學到射擊隊報告，搬槍搬彈藥當義工。二，你什麼也不用搬，我請你父母來學校好好談談。三，也不必麻煩令尊令堂，請教務處貼張退學公告，你們不是老想搞幫派？外面的江湖深淺，夠你闖蕩的。」

魯台生沒講話，雖然立正，仍然心不甘情不願彎著一條腿。

「今年夏天畢業，考大學，穿牛仔褲，叼根菸，進彈子房打彈子把馬子，做個大學生多好混日子？」老雷兩眼冒火似射在魯台生臉上，「不過我猜你一定不想當大學生，打橋牌多傷腦筋，摟著女生跳舞多無聊，我猜你想混流氓，三十歲前進監牢，四十歲前被人朝身上戳幾個洞，這樣可以隨你爺爺進忠烈祠？」

「妳明白任務的重要性了嗎？」

「明白，看緊張學良。」

「別給他跑了。這種叛國叛黨的老鬼，心眼多。」

「是。」

「當年兵荒馬亂，早該趁機給他一槍。喔，這事對誰都不准講，免得節外生枝。懂嗎？」

「懂。」

「好，快過年，特別要當心。」

•

魯台生在山下的公車站牌前張望，下課時間，整條騎樓內擠滿學生，他連降旗典禮也開溜，風紀股長哈貝兩齒[1]說要登記他的名字，魯台生仍沒理會。他擔心陸桂華先放學走了，阿貢說她感冒。

陸桂華來了，她在山路轉角處出現，魯台生迎上去，她嚇了一跳。

「別怕。」魯台生說，「沒事，就這個。」

他把一封用粉藍色信封裝的信塞進陸桂華手裡，

「星期天記得來爬山，橘子都黃了。」

一蹦一跳，魯台生閃進人群中，陸桂華坐大南巴士，她那一夥女同學陪著，吵死人，他不能坐，去坐火車吧。煞不住步子，撞到一個女人，魯台生撿起書包，又跑了。

梁如雪很生氣，她的腰被撞到，很疼，這個學校的學生真是野，明明公立高中，偏最後一個志願，大學升學率低，太保流氓倒出了不少。

不能再溜回家，到過年為止，她得每天守在山上，單位交給她一疊會客表，列了年前到農曆十五，上頭同意到張家拜年的名單和接待時間，凡是表上沒列的，一概勸回。

梁如雪提著南門市場的八寶飯繞過一群群的學生快步上山，趙崗提醒她，和局裡派去的便衣警衛要搞好關係，今晚就在飯後蒸個八寶飯請大家吃點心，快過年了。

註釋

---

1. 哈貝兩齒，台灣布袋戲〈雲州大儒俠〉一劇裡的甘草人物。

一九八一年（民國七〇年）一月十四日星期三（距離大年初二，還有二十三天）

軍械室在操場的另一端，也就是校園的西北角，平常很少有人到那裡，阿窩一度覺得軍械室後面和圍牆之間是偷抽菸的好地方，不會被老師發現，可是管軍械的老宋扛著把步槍把他們全嚇跑。

「主任教官派我來的。」魯台生站在老宋面前。

老宋一年到頭都穿洗得發白的草綠卡其軍服，不過階級和單位標誌都已剪掉，大家都知道，老雷在學校裡只對兩個人低聲講話，校長和士官長老宋。軍訓不列入考大學的科目，可是軍訓過不了不能畢業。高中生必須學步兵的基本操典和步槍使用方法，高三上下學期各有一次實彈打靶的課程，所以各校都有軍械室，存放取掉撞針的軍中淘汰步槍供教學用。老宋正清理幾把步槍，他嘴角叼著菸，看也沒看魯台生，將手中的步槍扔去。

魯台生慌張伸手接下，這是他們上課用的中正式。

「學過拆槍？拆了擦乾淨上油。」

不敢多話，魯台生坐在老宋旁，看著學著，努力回想上學期學的拆槍動作。沒人敢惹老宋，一年多前，山下烈火幫幾十個人架著木劍、西瓜刀、扁鑽到學校要砍十一班的菜瓜那夥，不熟地形，闖到軍械室附近，老宋扛著把步槍出來，碰碰碰就連開三槍，把烈火幫嚇濕了好幾條褲子。第二天朝會，老雷對全校學生說，

逞強鬥狠不是男子漢行為，要當男人，去學老宋，保家衛民才夠男子漢。

老宋頂著剃成白星點般的三分頭，每根短髮硬得如鋼絲，他管軍械室也住在軍械室，自己有個小爐子做飯炒菜，每星期六值班的教官輪流帶點菜去陪他喝酒，阿窩說他是學校的土地公，小小一間廟，定期去燒香拜拜，諸鬼禁入，保全境平安。

軍械室內有幾十把步槍，聽說其中十把是新型的五七式，沒拆撞針，每個男生都想看看摸摸，但屬於射擊隊專用，其他人不准碰。魯台生從高一起便想加入射擊隊，老雷規定各班課業前十名的才有申請資格。

被罰到軍械室擦槍，魯台生免去朝會和早自習，可是看來老宋很難搞。

「你這叫擦槍？」老宋一巴掌打在魯台生後腦杓，「我入你娘，找塊乾淨的通條布，槍管快給你擦成痲膛了。」

啪，又是一巴掌，魯台生躲不掉，被打得差點把早飯都吐出來。

黑西裝的年輕人，他們訓練有素立即占住雙線道柏油山路的每個轉角處，大家才站好，一輛黑頭車出現在轉彎處。張宅對面的兩名便衣人員警覺地走出哨所，以為車子會直接上山去，沒想到竟然停在七十號門口，副駕駛座走出一個穿西裝的高大壯漢，他將證件朝便衣晃晃，逕自去敲門。隔了大約兩分鐘，張家的大木門打開，車子顛簸一下駛了進去。

兩名便衣，一個急著打電話，一個則往宿舍奔，途中見到梁如雪，他焦急地喊著：

「梁小姐，妳快去，特殊狀況，山腳來了一排特勤組人員，剛才一輛掛一字頭車牌的車子進了張家，我們不能進去，妳趕快去看看。」

「一字頭車牌？」

「不是總統就是院長。」

梁如雪一聽，加快腳步過了馬路，有個小平頭正要攔上來，這回輪到梁如雪朝他亮出自己的證件。張家的門已關上，她輕聲敲敲，馬上就打開，一名高大的壯漢瞪著她。梁如雪舉高證件，他皺起眉頭，不過歪了歪腦袋讓梁如雪進去，他冷冷交代：

「待在院子裡，不准進屋。」

梁如雪不敢造次，她走近房子，站在門廊前，屋內傳來熱鬧的說話聲，一個熟悉的浙江口音叫著：

「老漢公，是我，來看你咧。下樓走慢點。一下子又好幾個月，今兒個去政戰學校，就順路過來了。」

「怎麼又來了，總統，我們不是有君子協定，半年見一次面。」

「又不是兒女親家，搞什麼元宵、中秋，每半年聚一次，而且快過年，到時候一忙，不如趁著順路——」

「你當國防部長時就忙，才要你別老來看我，現在你是總統，時間寶貴，浪費在我這老人身上——」

「咦，你們家的酒呢？」浙江口音問。

「小妹，總統來了，快把酒藏起來。」張學良的聲音傳出來。

接著是不同腔調的兩串笑聲，梁如雪也不禁笑起來，但那名壯漢卻一點表情也沒，繼續盯著她。

「上回那個誰送來的白蘭地，拿出來待客。」又是張學良的聲音。

「夫人——不行，我叫不慣夫人，我家上頭那個夫人[1]好不容易去了美國，別又跑個夫人出來，還是喚一荻，記得儂比我小兩歲，喚一荻沒關係。」

「報告總統，還想吃點什麼？」

「別忙，隨便。」

「你跟我一樣，人生裡除了國家，就是隨便。」張學良呵呵笑。

「有，今早剛燉的陳皮紅豆湯。」這是趙四小姐的聲音。

「紅豆湯，最好。」

「你還是愛吃甜的，當心身體。」

「來，漢卿，你坐下，聽我講講這個悶在我心裡好久的計畫，跟你也有關係，大大的關係。」

壯漢朝梁如雪使個眼色，她明白，有些話聽不得，趕緊退到大門旁，雖離黃昏還有一段時間，山上的霧色已重，山坳內冒出幾串山嵐，張宅屋內點亮了燈，窗上映著趙四小姐從廚房到書房的忙碌身影。

一個多小時，就要吃晚飯了，總統出來，張學良夫婦送到大門外，黑頭車一個呼嘯左轉下山。

梁如雪正要離開，卻見趙四小姐身子有些不穩，趕緊上前扶住，隨著他們進屋，張學良關心地問趙四小姐：

「剛才累到了？」

「還好。大千請吃飯的事，你沒問問？」

「這種小事有什麼好問的，總統哪管得著誰跟誰吃飯，誰又跟誰搓麻將。」

進屋坐下，張學良仍念著：

「叫他不要來，老不聽。」

忽然趙四小姐笑起來：

「漢卿，你留著說過年帶去大千家的白蘭地少了一半囉。」

「下回得把酒全藏到樓上去。」

兩個老人對視著發出笑聲。

梁如雪幫忙收拾桌上的酒杯和碗，有件事她想不通，總統和張學良是這麼好的朋友，為什麼局裡還要派人盯著這對老人呢？

才出張家大門，對面的便衣又朝她招手：

「梁小姐，主任請妳打電話回去，關於剛才的事，妳自己報告。」

「你們回報了？」

「嗯，可是詳情我們不清楚。用中間那隻。」

進了哨所，梁如雪撥出主任辦公室的分機號碼，一一一，才響一聲，那頭傳來主任的聲音，一如以往般，直接：

「明天上午八點回局裡來匯報，等等，改十點。一個重點，他們接觸的狀況；兩個疑問：事前有沒有接到通知？總統和張學良談了什麼。」

梁如雪來不及接話，電話已掛斷。

註釋

1. 這裡的蔣夫人指蔣宋美齡。

一九八一年（民國七〇年）一月十五日（距離大年初二，還有二十二天）

「待會兒要回單位去報到，抽空先回來拿幾本書。」

才進門，爸便繞著她轉。

「媽呢？」

「她呀，」爸看了臥房門一眼，「昨天晚上通宵，明明說打八圈，結果打了十六圈，現在補覺呢。」

「她不在家的時候，爸，你寂寞了？」

「寂寞？我怕什麼寂寞！擔心你媽，坐上牌桌像吃了鴉片，連個電話也不曉得打來。」

「你又不是不清楚媽，還不是你，以前心裡只有軍隊，放她一個人在家這麼多年，不學會打麻將，日子怎麼熬。」

梁如雪拿了兩本書塞進包內，小心打開主臥室的門看了一眼即退出，

「媽睡得真好，打呼耶，昨晚看起來贏不少。」

爸沒搭腔，他支吾了幾秒才問：

「少帥怎麼樣，身子骨都還好？北投山上，潮呀。」

梁如雪看著父親，

「爸，你說張學良是好人還是壞人？」

爸仰起臉站直身子，回到以前服役時的堅挺模樣，

「出發點為了國家，是好人；手段激烈了點，不過他沒惡意，還是好人，只能說行動上有瑕疵。」

「所以是好人？」

「從東北到西北，他的性子從沒改過，直，比起其他見風轉舵只求升官發財的那些龜孫子，他呀，是聖人。」爸盯著她，「妳問這要幹嘛，最近見妳老看張學良的書，還分不清？」

「沒事。」

梁如雪揚起手中的包包，朝爸臉頰親一下就推門出去，爸在後面喊著：

「星期天回不回來吃飯？」

主任的辦公室內多了個神祕客，他坐在平常幾乎沒人坐過的「福」字紅椅墊上，一旁還有口行李箱，似乎剛下飛機便直接趕來。他大約四十多歲，頭髮朝右分，最前面一撮垂到額頭中央，可能如此，使他不時伸手將頭髮撥回去。

主任將他的辦公椅拖過來，坐在神祕客對面。他看著對方慢慢抿進一口咖啡，才開口：

「確定？和老毛子的潛艇無關？」

「不會有錯，北京派的人到了香港，好像鄧穎超託人要送禮過來。再說他們早跟蘇聯鬧翻臉，老毛子怎麼可能派潛艇送北京的人，要送也該是老共的潛艇送。」

「鄧穎超送什麼禮，又不是生日、結婚紀念日。」

「主任，張學良不老說他沒生日，每天也可以都是生日。我猜是拿過年當理由，藉機拉拉老關係。」

「所以周恩來老婆送年禮，想跟張學良搭上線？」

「應該是這樣。」

主任一手摸著下巴，陷入沉思，等神祕客喝光了咖啡，他才又回過神扔過去一包國光牌香菸問：

「前陣子美國那裡也有消息來，張學良的兒女希望能接他去趟美國探親，局裡沒同意，不過看起來趙四已沒安全顧慮，有機會先被批准。小蔣上台，大家看他好欺負，下面的人全亂了套，連這種問也不用問的事，駐外單位還正經八百送公文上報。」

神祕客將國光菸推回去，自己掏出三炮台：

「不抽國光菸[1]，萬一抽成習慣，不小心帶在身上，給外人看到，刺眼，穿幫。」

「我差點忘了。」

神祕客摸出都彭打火機，打開蓋子，發出「鏘」的清脆聲，點上菸說：

「我也聽說，主任，老共的意圖很清楚，先勾引張學良到美國，用鄧穎超的關係，再動員當年張學良的東北元老、舊部，勸他回大陸。」

「司馬昭之心。當年張學良託張治中將軍向老總統請願，說若是還他自由，他答應三個條件，第一條，恢復自由之後，他哪裡也不去，老總統在哪裡，他就在哪裡。第二條，他的生活自己管理，不必政府再花錢養他。第三條，不准安全人員住進他家，省掉彼此的麻煩。」

「現在老總統不在了，他不必在乎第一條。」

「我也這麼以為，老總統當初不肯放他，幸好去世前對小蔣交代了句重話，老虎放出去，終歸要傷人。」

兩人沉默一陣子，神祕客說：

「那通電報還是沒著落？」

主任嘆口氣：

「沒，老總統在世時要他交出來，他不肯，直到老總統逝世。現在小蔣好像對這封電報不在意，沒特別交代我們繼續追查。」

「不能流出去。」

「絕對不能。」主任一掌拍在自己大腿，「當初老總統答應張學良，交出電報，可以放他自由，這老傢伙死也不肯。」

「老共也追了幾十年。」

「不能落到他們手裡。」

「戴笠老爺子交代下來的任務，沒有命令叫我們停止，就依然有效，我會一直追下去。」

神祕客點點頭，撳熄菸頭，要起身告辭：

「我在台北會再待兩個星期才回香港，請主任留意鄧穎超找人捎東西給張學良這件事。」

「派了人在張家。」

「聽說是個漂亮的女孩？」

「漂亮女孩才不會給趙四趕出來。」

神祕客告辭出來，才開門，見到梁如雪，兩人沒打招呼，神祕客立即低下頭提著行李離去。主任開門送客也見到梁如雪，招招手要她進屋。

「坐。」主任指指蝙蝠圖案的椅墊，「咖啡還是茶？」

梁如雪有點受寵若驚，站在椅子旁不敢落座，也急著回話：

「不用。」

主任已拿起話筒：

「兩杯咖啡。」

•

「沒聽清楚總統對張學良說的是什麼計畫？」

「沒。」

「總統有沒有提到什麼關於電報的字眼？」

「報告主任，也沒有。總統提到一個計畫，可是侍衛不讓我聽，叫我站到大門口去。」

主任點上菸，兩眼望著玻璃几面。

「哪方面的計畫？」

「真的什麼也沒聽到，不過總統的聲音很興奮。」

主任伸手揮掉眼前剛吐出的煙：

「聽說局裡的趙崗轉了幾本張學良的書給妳，看了沒？」

「報告主任，看了兩本。」

「有什麼感想？」

「他犯了錯，所以才被關。」

「你知道他犯了多大的錯？」

「不該強制拘留他的長官先總統蔣公，當時判決書上說，張學良首謀夥黨，對於上官暴力脅迫。對長官採用暴力脅迫，可以說是陣前叛變，論戰時軍法，該判死刑。」

主任頻頻點頭，並加了幾句話；

「不僅如此，要不是他，那時中央政府繼續專心剿共下去，我們今天就不會退守台灣。」

哦，梁如雪的話尚未講完，不過主任沒看她，才把話嚥回去，主任倒又問：

「對於他被關，妳覺得呢？」

「報告主任，法律對張學良很寬容，我看的書上說，軍事委員會在民國二十五年十二月三十一日宣判張學良有期徒刑十年，褫奪公權五年，當天下午先總統蔣公就寫信給軍事委員會，希望能特赦張學良，讓他戴罪立功。」

「老總統大方。」

「主任，」梁如雪決定說出她心中真正的感想，「我覺得就司法而言，不該再拘禁張學良。」

主任平常不抽菸，偶爾弄根菸，也只吐煙。這時他又吐出一大口煙，瞪著梁如雪：

「妳說說看。」

「報告主任，純就法律來看，那時軍委會同意蔣委員長提出的特赦，並把張學良交付軍委會管束，所以事實上他已經無罪開釋，自由了，只是交給軍委會管束，就像現在的假釋，假釋中的服刑人得將行動、去向隨時向軍委會報告而已。」

主任將才抽了兩口的菸撳熄，卻又點起另一根。

「好，繼續說。」

「軍事委員會在民國三十四年行憲之後就撤銷，那麼管束張學良的機構已不存在，他就更該獲得自由。」

「妳的意思是從民國三十四年之後到今天，張學良被限制行動自由是於法無據的？」

「是。」

「很好，果然是法律系畢業的。」主任用帶著點顫抖的聲音說，「還有呢？」

「民國三十八年一月一日先總統蔣公下野，李宗仁當代理總統，他曾發布大赦令，特別指示參謀總長顧祝同釋放西安事變後被拘禁的張學良與楊虎城。」

「所以？」

「所以張學良至少在民國三十八年就已經被政府第二次開釋了。」

主任繃得緊緊的臉點了點頭，他隔著茶几伸手拍拍梁如雪的肩膀，

「妳書念得不錯，應該去考律師。」

說著話，主任起身走到他辦公桌後面的窗前，拉開百葉窗一條縫朝外看著：

「跟我女兒一樣，你們個個大學畢業，學歷好，有主見。我們這代生在戰時，大學很少能念完，如今人老了，希望寄託在兒女身上，拚了命也得供他們讀到大學畢業。我女兒兩年前嫁人，去年給我生了個外孫，活潑聰明，還沒斷奶，他爸媽就想將來送他進私立小學，還去銀行開個帳戶做將來小鬼頭的教育基金。你們這代幸福，書讀得多，不用躲炸彈飛機，還能引據法條討論自由，我那個時代沒這福氣，能活下來就祖宗積德

囉。」

說著，主任轉過身眼珠子牢牢盯著梁如雪，看得梁如雪渾身不自在。他說：

「張學良不是法律問題，不是自不自由的問題，是傷害國家民族的問題，不能用現在的眼光來看。」

「是。」

「你知道對岸把張學良的地位抬得多高嗎？說什麼人大副委員長的位置留給他，張家在東北所有產業也全還給他，還把他當東北王。萬一他回去，妳想想有什麼結果？民國史由共產黨寫了！」

主任拉高嗓門，梁如雪不知不覺已立正站好。

「張學良以抗戰為理由，阻撓剿共大業，讓共產黨坐大，這種人要是回到大陸變成英雄，怎麼對得起抗日剿匪戰爭裡喪生的官兵？」

「報告主任，經國總統也去看他，兩人像老朋友似的，應該不再有顧忌了吧？」

「小蔣？有些事他也不懂，再說他爸交代過，老虎，放不得。要不然我們還守在北投幹什麼，他是新總統，要是真沒顧忌，下個命令我們不早解散了。」

說著，主任停頓下來，梁如雪聽見他深呼吸發出呼嚕聲。一會兒工夫，主任將嚴肅的表情軟下，改用溫柔的笑容望著梁如雪：

「妳表現得不錯，要再深入張家，特別留意他的客人。過年期間，張家的人和物品只准進不准出。沒事了。」

梁如雪起身行禮後離開辦公室，主任始終帶著微笑目送她離去，隨即又燃起一根菸，抓起電話：

「接李隊長……李隊長，梁如雪很聰明，就是思想不堅定，聽說局裡的趙崗是她男朋友？……透過趙崗，幫她多做做思想工作，幹我們這行，思想正確是一切根本，碩士博士也沒用處，現在的學校只教技術，不教思想……」

•

摩耶精舍內張大千在廚房內切菜，雯波夫人在一旁當助手，兩人忙著掐豆芽，將每根豆芽的頭尾都掐掉，接著張大千拿起菜刀，先切青蔥，再切青紅椒，都切成牙籤般細的絲。張大千邊切邊對雯波說著：

「這道菜是我六十一歲生日，東京四川飯店陳建民師傅特別為我做的，配在魚翅後面吃，爽口。」

接著他再切韭黃絲、切奈良漬菜絲、切魷魚絲。沒多久，切出一摞摞的菜絲。雯波夫人攔下張大千要拿鍋子的手，搶到灶前，倒了點油進鍋內，將所有的絲和豆芽都倒進去，大火快炒。

雯波夫人邊炒邊說：

「懂，這叫六一絲，因為那年你六十一歲，陳建民用六種素菜，加上魷魚絲，做出這道六一絲替你祝壽。過年請漢卿夫婦，也要這道菜？」

「是啊，熬到六十一歲，算老翁，接著就得享受老翁的生活。漢卿從三十六歲起被拘禁，今年他滿八十，被關了四十四年，呵呵呵，接下來也該他享受點人生了。」

雯波夫人將一小碟子內的醬汁倒進鍋再炒了炒便起鍋：

「不用其他調料，你交代過，奈良漬菜的醬汁就可以，連鹽都不用，對不對？」

鍋內炒的絲倒進盤內，張大千瞇著眼說：

「客廳裡有誰？叫他們來吃飯囉。」

•

客廳內坐著趙崗，他有點坐立難安，見到張大千進來，趕緊起立，送上禮。

「這是局長要我送來的，說過年了，一點局裡湖南廚子自己醃曬的臘肉臘腸，給大師嚐嚐。」

張大千接過禮物往旁邊一放，他笑著說：

「不會只送禮吧，是不是有其他事？」

「沒，沒事。」

「沒事？好，跟我們一起吃中飯。」

趙崗不好意思地彎身回答：

「不敢打擾。」

「打擾什麼，誰不知道進了摩耶精舍沒人餓肚皮，有什麼就吃什麼。你運氣好，今天有牛肉麵，配，雯波呀，告訴他配什麼。」

「陸一絲。」雯波夫人笑著用四川話說。

趙崗重複了一次：

「沒意思？」

張大千已先往飯廳走去。

註釋

1. 國光菸，軍隊專用的香菸，不對外販售，每個士兵每個月能分到一至二條。

一九八一年（民國七〇年）一月十八日星期日（距離大年初二，還有十九天）

星期天，爸在飯桌上擀麵團，一個大麵團揉成幾個小麵團，將小麵團拉呀拉的越拉越細，就成了麵條，筷子般粗細，十足的韌性配味道重的炸醬恰好，能壓掉些炸醬的鹹味。

「今天趙崗沒約妳去看電影？」

「年前都是墊檔片，倒是邵氏的《水滸傳》又重新上映，爸，你是不是該帶媽去看看。」

「你媽不喜歡水滸，嫌裡面角色多，認不清誰是誰。她每天看電視裡的布袋戲《雲州大儒俠》就不嫌角色多了。」

看來爸媽又拌嘴。

果然，媽買完菜才進門就罵：

「老番癲，跟你說我這幾天感冒，要燉雞湯補身體，你偏要做炸醬麵。做了你自己吃，我們各吃各的。」

媽氣嘟嘟地進廚房去。

「要我送去給少帥？」梁如雪小聲問。

「嗯，給他試試，台灣吃不到，道地的老北京炸醬麵，連醬都是六必居的，南門市場有賣，現在呀，要買什麼大陸貨都買得到。對了，小雪，星期天妳不用陪少帥？」

「他和張夫人去做禮拜，其他人會陪。」

「幾年前的報紙，說他信基督教了。」

「爸，你為什麼對張學良有感情？你又沒在他的部隊待過。」

「西安事變，誰不曉得。」

「他綁架蔣公，書上說蔣公早就安排好對日本人的戰略，先安內，集中全力再攘外，被張學良搞亂，他根本想稱王。」

「別聽書上的，全是國民黨寫的，國民黨捏造的，真正寫對的人，不全給他們關進綠島。」

「爸，你也是國民黨——」

「我這國民黨和蔣介石的國民黨兩回事，我是孫中山的信徒，救中國，把總統位置都能讓給袁世凱，不爭權奪利，不搞內鬥。」

澎，一刀把麵團切成兩半。

「卡小聲啦。」媽在廚房裡喊。

「西安事變那時呀，小雪，張學良手上有東北軍，楊虎城的西北軍跟他一夥，山西的閻錫山支持他，加上毛澤東、周恩來的共產黨，算起來有一百二十萬大軍，本來可以坐擁半壁江山和老蔣分庭抗禮，可是他，放了老蔣不說，還陪蔣介石飛回南京，甘願接受懲罰，周恩來勸他別去，他不聽，妳說，這種人會稱王？會叛逆？他要的就是聯合抗日而已。要是稱王，中國又分裂，怎麼抗日。其他什麼風花雪月的不說，張少帥言行一致，是條好漢。」

梁如雪想起孫立人，父親是不是將對孫立人的感情轉移到張學良身上。

「爸，張學良和孫立人怎麼比呢？」

「都一樣，心裡頭國家人民第一，蔣介石第三。」

「第二是誰？」

爸瞄了瞄廚房，露出少見的促狹微笑：

「第二當然是家裡的老婆大人，修身齊家，才能治國平天下，我現在是修身，想法子齊廚房裡那個家。」

父女倆都笑了。

因為張學良，梁如雪覺得和爸之間有很多話能聊，兩人的距離不再那麼遙遠。

「爸，下午我請你去看《水滸傳》。」

「好，可是齊家怎麼辦？」

「我拉她去，她一定會去。」

「看完回來吃麵，我吃炸醬麵，妳媽吃她的雞湯麵，妳呀，吃炸醬麵配碗雞湯，全讓妳賺到。」

媽走出廚房，她喊著：

「賺到什麼？」

梁如雪搶著回答：

「媽，你賺到一場電影。」

•

魯台生在山腳下左顧右盼，他穿著在中華商場新訂做的黑色緊身ＡＢ褲，上身尖領襯衫，外面罩件淡黃毛衣，沒穿夾克，打了兩個噴嚏。

已經超過半小時，仍未見到陸桂華的人影。終於忍不住，摸出銅板他到騎樓底下打電話，他說著：

「陸媽媽，我是魯台生，陸桂華的同學……她感冒囉，嚴不嚴重？……沒關係，我們有好幾個同學約好去爬山，期末考都準備好了……是，陸媽媽，我當然要考大學，我的歷史和地理都不錯，數學和英文比較差……我爸叫我去補習，可是……好，我知道……那麻煩妳跟她說——」

他抓著話筒好久才掛上，對著街道罵：

「考大學，廢屁！」

等公車的幾個路人側眼看看他。

一九八一年（民國七〇年）一月二十日星期二（距離大年初二，還有十七天）

趁著天晴，梁如雪幫忙將書房裡那堆書搬到院子攤開曬太陽，她搬，張學良攤，邊攤邊看，「這套是在江西，那時的省長叫什麼名字？他送的。」

梁如雪湊上去瞄了瞄，《明史紀事本末》，厚厚磚頭似的一大套。

「我該去大學教書，」張學良自顧自地說，「專教明史，中國人，讀《史記》讀的是司馬遷的文采，讀《資治通鑑》讀的是戰爭，唯有這《明史》，讀的是人性的荒謬程度。」

可恨當年沒好好念歷史，一句話也接不上。梁如雪想到樓上那間儲藏室應該也很潮濕，有次聽趙四小姐提到，她把外界送的酒和茶葉什麼的都堆在那裡面，是不是也該拿出來擦擦曬曬？

「樓上？」張學良一手將眼鏡扶在額頭上，一手捧著書說：「歸小妹管，妳去問她。」

趙四身體不舒服，休息中，梁如雪不好去吵，再說光是書就夠她忙兩三天的。

「走走去。」張學良闔上手裡的書伸了個懶腰，「梁小姐妳陪我去，免得讓對門那兩個渾小子跟，緊緊張張，恨不能端把機關槍替我開道。」

「是。」

梁如雪心頭一慌，果然李隊長說得對，張學良年紀大、眼睛不好，但什麼事都清楚。

•

下午兩點多，一個早上的工夫，柏油路大多曬乾了，張學良拿著根拐杖沒往上面走，倒是先到對面哨前朝站在門口的兩個面色惶恐的便衣點點頭，轉往下坡，順山路右轉到後面的石階小路。

「沒事也得登登石階，不能讓關節硬了。」

才到石階前，一列復興高中的學生排著隊走來，前面五個學生斜揹著步槍，後面四個提著餅乾盒大小的彈藥箱。梁如雪認出提彈藥的一個是老逃學，又在車站撞過她的那個，黑色大頭皮鞋的鞋頭給粉筆各畫了個「X」，看樣子沒擦亮，儀容檢查沒過關。

以前見到張學良，學生多會喊聲好，今天沉默，個個低頭盯腳下的石階。

「梁小姐。」

有人喚她，是走在隊伍後面的主任教官老雷，大概領隊去後山靶場練射擊。梁如雪點頭示意，老雷見到一旁的張學良，忽然他挺起胸膛喊：

「隊伍聽我命令，一二一，敬禮。」

學生們的腳步一片混亂，老雷也不理會，一個人右手高舉在帽舌邊緣大喊：

「將軍好。」

張學良嚇一跳，他沒回禮，倒是笑著點頭，

「好，天氣好，精神好。」

學生全轉頭看過來，又是那個搗蛋鬼，剛才還一副無精打采沒睡飽的模樣，這下子又有精神了，他也敬禮大喊：

「張學良好。」

老雷沒發作，因為張學良正問：

「小傢伙們去打靶呀，別老看武俠小說，眼睛看壞，槍打不準。」

學生發出笑聲，老雷仍保持聽訓姿勢，

「謝謝將軍指示。」

隊伍先登上台階，腳步很快，只聽見老雷罵：

「魯台生，我看你欠揍，叫將軍，誰准你連名帶姓叫老人家！」

張學良一直笑，他跟著隊伍也登上石階，梁如雪有點擔心，萬一山路上出點事怎麼辦，偏那些學生還帶著槍。

才過個彎，兩名便衣已守在上面，這才使她鬆口氣。

不能讓張學良跑了。聽完主任的訓話後，梁如雪對趙崗抱怨了幾句，說主任交付她的工作很不明確，趙崗在電話用壓低的聲音說：

「妳的責任，別讓張學良跑了，多簡單。」

這麼大年紀，腿又不好的張學良，能跑去哪裡？

一九八一年（民國七〇年）一月二十三日星期五（距離大年初二，還有十四天）

趙崗開著車，梁如雪坐在副駕駛座，音響放出鄧麗君的歌聲。

車子上了高速公路，一路往南。

主任莫名其妙要梁如雪休兩天假，趙崗也無巧不巧來電話，說要領她出去走走。他們有話怎麼都不明說，讓她有點被擺布的感覺。

梁如雪偏著頭看窗外，口氣很冷淡：

「我們去哪裡？」

「妳不是對張學良有興趣，我們來趟『張學良在台足跡一日遊』，由熱忱的趙崗先生擔任導遊，第一站新竹的竹東，張學良於民國三十七年十一月二日，由專機護送來台灣，隨行的有趙四小姐和警衛排，在草山住了一宿，隨後移往竹東鎮井上溫泉，這一住，住了將近十四年。」

「你昨天晚上看書惡補的呀，既然是導遊，要不要付你小費？」

「哪天請我吃餐飯更實惠。」

梁如雪不再說話，有趙崗在，她不需要講話，像他這麼愛講話的男人真不多。

•

車子經過竹東，進入新竹縣五峰鄉，在南口前的入山檢查哨被攔下，趙崗出示證件，警察向他敬禮，車子繼續往山區走。

趙崗說：

「竹東最多客家人，妳媽不是客家人？」

「屏東的，不是竹東。」

「那好，待會兒請妳吃道地的竹東客家菜。客家菜有三大特色，肥、鹹、香，也最會做醃菜。我們先喝擂茶配鹹湯圓，再吃鴨血炒韭菜。」

「到底出來做什麼，郊遊旅行？」有時梁如雪又覺得趙崗嘴太滑溜，用媽的說法是，貧嘴。

「對，就是郊遊兼大吃大喝。」

「都到竹東了，可以說清楚到底怎麼一回事了吧？」

趙崗兩眼從太陽眼鏡上緣瞄出來，

「果然聰明伶俐，事情很簡單，既然妳負責張學良，貴單位主任又打聽到小人我和妳有若干交情，就請託我帶妳到張學良住過的地方轉轉，了解對象。」

「那算是工作囉？」

「算，也不算。叫工作寓於娛樂。」

「貧嘴。」她真說出來了。

趙崗沒在意，他念著：

「西安事變後，張學良隨蔣委員長到南京，先拘禁在宋子文家，宣判接受軍委會管束後，被送去老總統家鄉，浙江奉化的溪口鎮，安置在當地雪竇寺的中國旅行社招待所，並由軍委會統計局派特務隊看管，特務隊的隊長是劉乙光，押解張學良來台灣也是他。」

「那他一直都被劉乙光看管？」

「也算照顧，不然妳叫老先生老太太在台灣怎麼辦，去賣東北大餅呀？」

「煩。那我的工作跟劉乙光一樣？」

「工作性質類似，但職稱不同。劉乙光是少將，妳呢，英文裡叫rookie，新手，也叫菜鳥。」

「都是看管。」

「不算，已經解除對他的看管，可是擔心出狀況，妳們單位就負責他的安全、生活。還有——」

「別讓他跑了。」

「正確。」

•

一路都是狹窄的柏油路面，有幾段還是碎石子路。

車子顛得厲害，梁如雪抓著車窗上的握把：

「張學良以前住這裡？」

「抗戰最後幾年他住在貴州，抗戰勝利後，民國三十五年先被送到重慶，年底由專機送台灣。」

「書上說他以為到重慶就獲得自由，沒想到第二天又要他上飛機，騙他說去南京，結果來了台灣。」

「妳看哪本書？柏楊還是李敖寫的？他們寫的不能當真。小雪，有些書只能參考看看，別拿來當資料寫報告，會出事。」

「三十五年就來，那時南京政府還沒撤退到台灣。」

「他是第一批送來台灣的，貴客。在陽明山上的草山行館住了一晚，第二天直接送這裡。」

「為什麼挑這裡？」

「山明水秀，風水寶地。等一下妳就知道了。」

•

再走了一段山路，車子停在一片廢墟前，兩人下了車。

「這裡？」梁如雪問。

「這裡。」趙崗踢著路上的石子說，「五十二年葛樂禮颱風，土石流把這兒沖垮，張少帥好福氣，民國五十年已遷去北投，颱風一絲一毫也沒傷著他。」

廢墟看來經過一些整理，殘垣斷瓦被堆在一旁，基地空空的。

「你說這裡原來叫什麼？」

「井上溫泉，日據時期的日本警察招待所，一棟漂亮的日式木頭地板屋子，有一格格的紙拉門、浴室、榻榻米的房間，還有溫泉。旁邊有座網球場，門前有小花園，張學良在這裡過得不錯。山中無歲月，寒盡不知年哪。」

梁如雪走向旁邊的山路，趙崗跟著，他嘴中碎碎念：

「張學良命大福大，西安事變，他沒給槍斃；到了貴州，有回他染上盲腸炎，戴笠派了人打算藉機給他打劑毒針，省得還得擔心共產黨會不會把他劫走，陰錯陽差，沒殺成。到了台灣，就在這裡，二二八事變，外面鬧得一塌糊塗，他老人家跟一荻小姐兩個，坐看蒼天如圓蓋，陸地似棋局，世人黑白分，往來爭榮辱。當時負責看守的劉乙光少將奉命必要時殺了他，免得給鬧事者搶走成了人質，也沒殺成。那陣子交通中斷，山上沒吃的，大家靠挖番薯過日子，嘿，這裡的高山族給他送米來，妳說是不是福氣？」

恰好幾個揹著重物的粗壯男人經過，其中一個朝梁如雪揮揮手喊著：

「張學良不在咯，早搬走咯。」

梁如雪也朝他們揮手，原來附近的人都知道張學良住過這裡。

「二二八之後，保密局擔心再出事，一度建議把他再送回江西的山裡去，那時大陸的局勢已經很亂，先總統蔣公不想冒險，否決了這案子。」趙崗幾乎成了自言自語，「你看張學良是不是福大命大，要是遷回江西，大陸失守的時候誰有空救他，還不一槍打了。」

「跟楊虎城一樣？」

「妳說楊虎城全家在重慶被殺的事呀？哪裡聽來的？又看亂七八糟的書，這事沒證據，我不敢下結論。」

「那你跟我講張學良這些幹嘛？」梁如雪有點氣，趙崗怎麼成了她的政治指導員，在她話裡挑毛病，討人厭。

「如雪，沒別的意思，就工作而言，妳該多了解張學良；就情緒而言，從軍統一路下來，我們特務單位侍候張學良，可沒輕鬆過。就這麼簡單，我們，依命行事，不談其他。」

「報告趙隊長，破磚爛瓦看完了，下一站呢？」

•

車子停在五峰鄉公所前，一名有點年紀的辦事員拿出許多黑白照片排在梁如雪面前，有井上溫泉過去的模樣、有日本警察在招待所前合照的，也有張學良夫婦養雞的，其中一張是趙四小姐蹲在地上看著一隻公雞，臉上露出笑容。辦事員指著養雞那張笑著說：

「張夫人養了幾十隻雞，孵小雞的時候，張學良陪著夫人守夜看小雞從蛋殼裡鑽出來。裡面的警衛出來說，張學良說小雞這麼可愛，以後哪忍心吃雞。」

梁如雪跟著笑。

趙崗一個人在公所外的車前抽著菸。

•

眼前是座窄小的吊橋，趙崗與梁如雪小心地走過吊橋。穿過橋沒多久，眼前是個瀑布，梁如雪終於有休假的感覺，她脫下鞋，捲起褲腳下去水池泡腳，趙崗看著直搖頭說：

「不怕水冰？這是銀絲瀑布，聽說張學良也常來這裡。」

梁如雪把水潑到趙崗身上：

「你也下來。」

「大小姐，這麼冷的天，妳的腳是不鏽鋼做的，不凍呀。」

「你們幹情報的男人，都無趣。」

又一片水霧灑向趙崗。

•

車子駛回高速公路，路標上顯示離台北還有八十公里。

梁如雪喝著可樂，搖下車窗吹風。趙崗皺皺眉：

「妳還真不怕冷。」

「我爸說我們家有東北人的血統，不怕冷。」
趙崗慢下車行速度：
「妳家有東北人血統？」
梁如雪依然天真地回答：
「是呀，我奶奶是哈爾濱人。」
「上面不知道？」
「當然不知道。」
「如雪，有個不成文的規定，凡是監視張學良的人，不准是東北人。擔心東北人有他的故舊，會講私情。」
「我爸是河北人，我奶奶才是東北人。我爺爺在河北石家莊種田，奶奶相夫教子，只認得河北有個張飛，不認得東北的張學良。這有關係嗎？」
「總之，」趙崗吞吞吐吐，「妳也許該跟上面說說，免得發生誤會。」
「有什麼好誤會的，中國女人嫁雞隨雞，嫁給我爺這個河北人，她當然也是河北人。」
趙崗沒再說什麼，倒是梁如雪氣上來，
「你回去打我小報告好了。」

趙崗又恢復嘻皮笑臉的德性，

「絕不打小報告，事業誠可貴，愛情價更高，若為新台幣，兩者皆可拋——不，拋頭顱灑熱血愛情絕不可拋。」趙崗偏過頭換了嚴肅的口吻，「小雪，我不講，妳也千萬別再說漏嘴，幹我們這行就怕沾上不必要的麻煩，這年頭小人到處都是，就怕沒資料，有了資料當然大作文章。」

「懂。教育完畢，可以送我回去了嗎？」

•

趙崗將梁如雪送到北投的警衛哨前，兩名便衣上來敬禮，趙崗揮手要他們回崗哨，梁如雪正要下車，趙崗拉住她：

「有件事我想應該對妳說。」

「什麼事？」

「九一八事變的事情妳清楚吧。」

「日本軍占領東北。」

「對，妳知道那天張學良在做什麼？」

「不是老總統要他不抵抗？」

「那天晚上他帶著大老婆于鳳至和小情人趙一荻，在北平一家戲院裡看梅蘭芳唱《宇宙鋒》。」

梁如雪愣住，她轉過臉盯住趙崗：

「你告訴我這些要幹嘛？」

「沒什麼，歷史有很多部分，今天妳看到的張學良是一部分，還有其他的部分要花很長時間才看得透。」

「謝謝，我以後會努力讀歷史。」

「我是說——」

「晚安。」

「小雪，不要掉以輕心。」

梁如雪鐵著臉下車，便踏上小路的石階往宿舍去。

高個子便衣今天值班，他走來打趣地對趙崗說：

「小兩口吵架？」

趙崗聳聳肩，扔了包菸過去便開車下山。

一九八一年（民國七〇年）一月二十六日星期一（距離大年初二，還有十一天）

梁如雪一早便進張家，她挽著個包，特別挑的，底寬才能放得下便當盒。兩名便衣沒留意，連招呼也沒跟她打。

庭院裡又多了幾盆蘭花，張學良彎著腰正在檢視他新培養的蘭種，見到梁如雪高興地說：

「來，看看我的新蘭。張大千愛荷花，開起花來大方華麗，大家閨秀，我張學良愛蘭花，秀氣收斂，小家碧玉。」

梁如雪上前看看。

「不能光看，」張學良將鼻尖送到蘭花上，「還要嗅。蘭花的好處就是不僅能觀賞，不同種的散發出的香味也不同，不像荷花，給大千畫出來，旁人都誇好，我覺得荷花怎麼看都放肆誇大，少了點靈氣。」

梁如雪陪著看了陣子花，等張學良要進屋時才奉上她高中時用的那口白鐵便當盒和裝在塑膠袋裡的五坨麵條。

「我爸做的，他試了三次才滿意，說是給漢公嚐嚐，看夠不夠北京的道地。」

張學良吃了一驚，他接過便當盒，打開盒蓋聞了聞，

「剛聞完蘭花，如今聞炸醬，完全不同的味道，刺激我不同的神經。」

他把便當盒捧到頭上回身進房喊著：

「小妹，中飯有著落了，老北京炸醬麵。」

•

電訊室的小陸又衝出來，一步兩階梯，跳著上二樓。

主任坐在大辦公桌後面看著剛傳進來的電報，朝小陸點點頭，小陸即退下。主任抓起話筒，撥了個號碼，馬上接通，他說：

「過來我這兒坐坐，中午一起去中山堂吃山西刀削麵。」

他再拿起剛才的電報，又仔細再看一遍。敲門聲響起，來不及回應，神祕客已推門進來：

「主任，有事？」

「看過這個消息了吧？」

主任將電報遞給神祕客，室內一片沉寂，隔了很久，神祕客才開口：

「之前在香港聽到過消息，看樣子他們的動作很快，急著把紀念館辦成。」

「他女兒又去美國了。」

神祕客在主任對面的椅子坐下，將電報還回去，點起一根三炮台香菸說：

「周恩來在的時候，想出本張大千的畫冊搞統戰，碰上文化大革命，沒搞成。這幾年四川省政府出面，說要辦張大千畫展，他女兒到美國可能跟向幾個大美術館借畫參加展覽有關。」

「現在張大千老家四川內江縣又籌畫建張大千美術館，動作挺有步驟的。」

「美術館可能是餌，展覽比較有可能，要是真湊出幾十幅畫，到時張大千會不會想回去參加？」

「衣錦還鄉。人生三大美夢。」

「另兩個美夢是什麼？」

「狀元及第時，外加洞房花燭夜。」

「哈哈哈，主任，你真逗，我狀元及第不可能了，想轉公務員，高考都考不過，洞房花燭夜我更沒經驗，你覺得呢？」

「不就那麼一回事，喝得爛醉，第二天早上被枕邊人嫌一口的隔夜酒臭。」

兩人相視大笑起來。

「前幾天一批華僑到摩耶精舍，計畫在歷史博物館辦張大千九十歲回顧展，消息來源說，張大千不是很積極。」主任說。

「九十回顧展？不是還有很多年？」

「我想法子讓歷史博物館主動點，先辦八十五歲大展。他的畫幾乎都流落在海外，現在就看哪一邊匯集的畫多了。」

主任忽然想到什麼，轉身撥電話，

「接京漢美術館的小黃，對，那個黃經理。」

神祕客起身拿過暖水瓶，往茶裡加了水。他兩手搗著茶杯站在主任身旁。

「小黃，你上回說張大千忙一幅新畫……廬山圖？嗯，日本橫濱僑領要的？」主任微仰起頭，朝神祕客看了一眼，「要幅大畫掛在他新開張的旅館大廳？沒事。那這幅一定很大了……長要十公尺？真是大畫了。好，隨便問問，謝謝了。」

主任掛上電話，陷入沉思之中。

「別管他幾歲，新畫先在台灣展出就是名目。」神祕客吹了口浮在杯面的茶葉。

「我也這麼想，總之，這幅畫不能流出去，和日本斷交快十年了，畫要是到了日本萬一流到對岸去，難看。」

「找人跟他說說。」

「說？他們那些藝術家哪能說，個個脾氣臭得要命。另外想辦法，」主任拍拍神祕客的腿，「你明天走？」

「是，主任還有什麼交代？」

「多打聽點消息，兩個人絕不能回大陸，張大千和張學良。」

「張大千年紀都這麼大，恐怕也沒體力回去。」

「他在國際上有高知名度，回去了我們沒面子。張學良更絕對得看緊，他要是回去把西安事變一翻盤，委員長抗戰八年的艱苦功勞全被抹煞，說不定真變成共產黨抗日，國民黨扯後腿了。」

「完全同意。」

「尤其重要的是那封電報，香港的消息多，要是老共弄到手，遲早有消息漏出來。」

「前幾年香港有個公司出價，兩百萬港幣買電報。」

「比張大千的畫還值錢。」

「後來沒消息。」

主任沉默數秒，拿出一張便條紙寫了幾個字遞給神祕客，神祕客看也沒看便收進袋內。主任問：

「你的新化名是？」

「藍蔚天。」

「好名字，絕佳的小說家筆名，有點瓊瑤的浪漫味。吃麵？」

「不了，去香港前得處理掉幾件私事。」

兩人起身緊緊握住手。

「為老總統。」主任說。

「為老總統。」藍蔚天說。

•

張大千在家作畫，這是幅很大的畫，應日本橫濱飯店老闆李海天之請，為他即將開張的假日酒店大堂所畫的，暫訂名為《廬山圖》。

「大山大水。」張大千提筆面對畫紙說。

小乙在畫室外探頭探腦，被張大千見到，

「跟你說過，不准進畫室。」

「不是，」小乙站在門外說，「馬路對面停了輛車，裡面兩個穿黑西裝的男人老遠朝我們這裡看，從早上待到現在，也不怕別人看了不舒服，會不會是壞人。」

張大千笑出來，

「他們好些年沒來，閒得發慌，總得浮出水面曬曬背上的青苔，別理。」

沒再理會小乙，張大千又埋首進他的畫裡。

•

梁如雪踏著輕鬆的腳步走出張家，剛才張學良直對她誇麵好吃，炸醬炒得道地，百分之百的北京味。張學良還在一張他的照片上題了字，「送給梁思漢先生，漢卿」。爸見到，不知有多高興，可是依爸的個性，恐怕每天炒一次醬要她給送來。

沒想到崗哨前站著趙崗，他遞來一盒順成的點心：

「妳最愛的西式小點。有空沒，聊聊。」

梁如雪見到趙崗沉重的臉色，大概知道他不是專程送點心來的。

「公事？」

她領著趙崗往山上走，兩人都沒說話。走了很久，走出她背心一層汗水，又不敢脫外套，畢竟都快過年，風吹得刮臉。

走到路旁一個涼亭才停下，她先坐下，喘口氣，打開盒，拿出塊點心往嘴裡送。

「神祕兮兮，有事就說吧。」

「妳帶炸醬麵進去給張學良？犯規喔。」

「你怎麼知道？」

「張家裡的事，沒祕密。」

「裡面也安插了人？」

「如雪，這話不能講出來，妳肚裡清楚就好，以後千萬別再私帶東西進去，萬一留在紀錄上，他們調妳回辦公室處理公文，一輩子也出不來。有些事可以根本沒事，根本沒事也可以變成天下大事。」

梁如雪又放一塊點心進嘴，是她不對，沒什麼好發脾氣的。

「跟妳說個故事，抗戰初期，張學良被囚禁在貴州，成天喊著要抗日，要戰死疆場，有次他託人送了一隻很名貴的錶給先總統蔣公，別人看不懂，蔣公卻懂，他說，漢卿催我該是放他的時候了。妳猜蔣公怎麼回信？」

梁如雪搖搖頭。

「蔣公厲害，他回送一根外國進口的釣竿，意思是，你好好養病，釣釣魚，時間對你不重要了。」

「你對我講這個故事是什麼意思？」

「意思呀，張學良這輩子不可能有完全自由的一天，妳的工作說閒也閒，說重要還真重要。以前負責管束他的劉乙光，陪著張學良十五年，從中校熬到少將，辛苦，把人生最好的歲月投在一個因叛國罪被判刑的人身上，也幸好有他，張學良沒跑，他完成上級交付的任務。張學良身體好，活到八十歲能吃能喝，劉乙光對人性也交代得過去。」

「我要學劉乙光？既顧到任務，也顧到張學良？」

「妳聽懂了，果然冰雪聰明。張學良當初沒死，現在更不能死，我們希望他能講講話，把共產黨在幕後搞西安事變的事情說明白，萬一現在死了，事情不明白，對岸再大做文章，變得好像我們屈死張少帥，前面這些年花力氣養他，豈不功虧一簣。」

「絕對不只這樣，還有什麼事？」

「最近老共那兒統戰搞得很凶，急著弄張學良和張大千回去，上面擔心這兩張有勾結，說不定在打什麼主意。」

梁如雪正要開口，卻被趙崗攔住話頭，

「妳先別急著說。先總統蔣公才過世沒幾年，經國總統的政權還不穩固，我要是老共也不會放棄這個絕佳的時機，我們幹情報的，不能不小心。」

「你今天純粹是任務交辦？」

趙崗苦笑一下，指指那盒點心：

「別小氣，分我一塊。」

梁如雪挑了塊巧克力的遞過去，趙崗裝出吃得很滿意的模樣，歪嘴齜牙大動作嚼著。

「我呀，上級知道妳私帶東西進張家，幸好這個上級和我的交情很好，沒往他的上級報，叫我提醒妳別再犯。」

「你講過了。」

「其他，是我提醒妳的，局裡最近瀰漫著這股氣氛，妳知道，上一輩的這幾年惶恐，看起來似乎照樣喊反攻大陸的口號，卻完全沒動作；說死心塌地在台灣生根，又不甘心。他們從大陸撤退來，大多認為被共產黨打敗最主要的原因就是張學良。」

氣溫低不怕，最怕陰濕還吼著風。梁如雪抓緊大衣的領口，趙崗將圍巾取下，繞在梁如雪的脖子。

梁如雪沒拒絕，她將圍巾在脖子上又繞了一圈，

「工作的事，我清楚，沒有私人感情，我爸對張學良有股我也不明白的崇拜心理，才做了麵要我送進去。對不起，以後不會犯。還有，趙崗，你再找我，可不可以別再談張學良？」

她已然將身子靠在趙崗肩上，趙崗也伸手摟過來，他嘆口大氣：

「妳不調來盯張學良就好了。」

一九八一年(民國七〇年)一月二十七日星期二(距離大年初二,還有十天)

家裡雖然人少,過年的程序不能少。爸一早便陪著媽去迪化街辦年貨,還得訂年初二的火車票回娘家,送丈人的禮物也不能少。梁如雪傍晚下班趕去接他們,三個人擠著公車回家。

在車上爸朝她眨眼睛,小聲問:

「除夕要不要請妳那位趙先生來家裡一起吃年夜飯?」

「我問問他。」

趙崗是孤兒,父親是空軍,在台中清泉崗基地飛戰鬥機,一次飛行意外中喪生。沒多久,他母親進了精神病院。聽說有幾個月的時間,他母親成天喊著:「蔣介石,還我丈夫命來。」

在台灣沒有其他親人,趙崗被送進空軍子弟小學,本來要進空軍官校,身體檢查不合格。不論梁如雪怎麼問,他就是不肯說出不合格的項目。每年過年,趙崗從除夕起就躲進電影院，他有個朋友在調查局，能替他在西門町內任何一家戲院弄到招待券，趙崗從早場電影看起，一家戲院換一部片子，直到最後一場，而且每場之間都接得恰恰好。除夕夜，他一路看到半夜再去吃碗甜不辣，聽著滿街鞭炮聲回家睡覺。

梁如雪去年就想找趙崗來吃年夜飯，卻擔心趙崗因此產生誤會。她其實對結婚並不那麼急。

回到家，媽忙著弄晚飯，爸又挨近梁如雪房門口：

「叫他來，今年除夕總該有人陪我喝喝酒，三葷一素雖好，沒酒伴還是喝悶酒，大過年的，少了那麼點熱鬧勁。」

「為你喝酒，要把女兒賣掉。」

「我才捨不得，要是看不上眼，我把他灌醉扔出去。」

爸的心情好，既因女兒的感情似乎固定下來，他有了新的期待，也因張學良居然送張照片還題了他的名字，剎那間他有如跟歷史連在一起。他悄悄塞了本書給女兒，梁如雪見到書封上的作者名字嚇一跳，這是地下書刊，列在新聞局的查禁名單內，不知爸從哪兒弄來的。不能違了爸的意思，梁如雪收下，塞進床墊好，或衣櫃最裡層？

「不相信你爸眼裡的張學良，但也不能去信國民黨講的張學良，看看其他人怎麼寫張學良。」

梁如雪沒說話，她已經下定決心，這是工作，單純得像巷口麵店那個老闆，從不跟客人推薦什麼，有次她問，老闆，哪種麵好吃？老闆頭也沒抬，將鍋匙朝牆上一掃，是的，他賣的五種麵全寫在牆上，小姐，自己看。

•

沒在家吃飯，緊急電話把梁如雪召回北投，平常崗哨內雖只有兩名便衣，可是周邊另有四名，不僅如此，梁如雪上山時數了數，從入山口到張宅前的轉彎口，有七名便衣，山下是義務役的光頭小便衣，應該是憲兵指揮部調來的，張家附近則全是局裡派來的，穿一式的風衣。

李隊長守在崗哨內，見到梁如雪便沒好氣地說：

「妳前腳走，後腳就有人進了張家。」

儘管每次下山前都先打電話回局裡報備，梁如雪仍有擅離職守的罪惡感，她立正說：

「接受處分。」

李隊長擺了擺手：

「妳回家，事前報備過，沒什麼處不處分的，傍晚兩個美國華僑沒經過安排就直闖張家，說是張學良的老友，我們來不及攔，張家居然也放他們進門。香港傳回消息，推測是大陸派來的，聽說送了封鄧穎超拜年的賀卡給老張。媽的，沒事找事，妳進去探探。」

他從桌下拿出一盒綠豆椪，台中犁記的，盒上寫著「創立於清光緒二十年」。

「說妳特別託人買來，當年禮送進去，免得老張覺得妳怎麼晚上還進去，犯疑。」他將綠豆椪交給梁如雪，又說：「清光緒二十年，好年份，妳知道這年發生什麼大事嗎？」

梁如雪傻愣愣望著李隊長。

「甲午年的黃海海戰。」李隊長拍拍盒子，「台灣就這麼丟的，滿清就這麼垮的。快去，晚了他們休息了。」

梁如雪提了綠豆椪，快步過馬路，兩名沒見過面的便衣朝她點點頭。

•

客廳和書房的燈全亮著，張學良趴在書桌上用毛筆寫著字。趙四小姐剛從廚房泡了杯茶出來，見到梁如雪遞去的綠豆椪很高興：

「剛好，給漢卿當消夜。」

梁如雪從廚房拿了碟子和叉子，取出兩塊綠豆椪放在碟子裡，送進書房。張學良正對著信紙發脾氣：

「叫路老別再介紹人來，鄧穎超的賀年片怎麼辦，我怎麼回？」

「你不是老誇周恩來。」

「沒錯，在西安見到周恩來，他聰明，講話不拐彎，要是不打仗，能和他做好朋友，現在，我只能求神賜福他的遺孀，還能怎麼辦？」

趙四小姐沒接他的話，送上茶，梁如雪也趕緊將綠豆椪送去。

「西安事變，西安事變，每個人不停的問，要我張學良怎麼講？依國民黨的說法，我被共產黨騙了，這不是罵我糊塗；如果說我是一時衝動，也等於說我自己無能；如果說老頭子本來就該被扣留，非逼他把全面抗日的話講清楚，那不是對國民黨說我幾十年還不肯承認錯誤。」

張學良甩下筆，差點打翻茶杯，

「以後來客，一概不見。」

「鄧穎超賀年片這事還是先報備一下。」趙四小姐說，「要不要打個電話給張岳公[1]？」

「張岳公？以前他當老頭子的總統府祕書長，我都不麻煩他，現在他已經退下當蔣經國的資政，我哪能為點小事再讓他傷腦筋。」

「那就別理它。來，漢卿，梁小姐給你帶了好吃的。」

趙四小姐收拾一下桌面，將茶杯和碟子擺在張學良面前說：

「快過年，事情多，別煩。」

張學良沒吃綠豆椪，起身往樓上去，看也沒看梁如雪一眼。

•

雖已很晚，摩耶精舍的燈仍亮著，張大千和雯波夫人站在桌旁研究菜單，雯波夫人瞧了瞧，搖搖頭：

「不太對，漢卿年紀大，恐怕吃不消。」

「他和我以前都吃過苦，心寬胃大。」

「少了一樣。」

「鴨、豬、牛、翅、參、蝦、魚，還少什麼？」

張大千沒回答，倒是提起筆在張紙上描出一隻雞。雯波夫人見了便笑，張大千則用濃重的四川鄉音說：

「他在新竹養過雞，見小雞從蛋裡孵出來可愛，從此不碰雞。幸好他沒當農夫，養魚養牛再養一窩豬，都捨不得吃，留著開動物園囉。」

雯波一直笑。

•

「見到賀年片了？」

梁如雪點頭。

「除了拜年，還寫了些什麼話？」

「漢卿吾兄，綺霞吾妹，歲至嚴冬，謹祝健康。穎超。」梁如雪背著。

「語意奇怪，明明嚴冬，還祝什麼健康？」

「只看了一眼，也許記錯了幾個字。」

「沒別的？」

「沒。」

李隊長在崗哨室內打電話，梁如雪站在他身旁。

「是，語意模糊，屬下覺得暗藏玄機，」李隊長對著話筒說，「應該不會這麼簡單，費這麼多事送賀年卡，屬下也覺得對方的用意在於試探我們對張學良的管制是不是放鬆——是，已加派人手。」

打完電話，李隊長對梁如雪說：

「歲至嚴冬，要特別提高警覺，今年中共建黨六十年，聽說活動要搞大，千方百計想把張學良弄回去，好大做統戰。我們十月國慶也要閱兵，經國總統就職以來第一次閱兵，也是大事，不能被老共抹了一臉灰。」

「他不會回去。」

話才出口，梁如雪便後悔。

「妳憑什麼說他不會回去？」李隊長瞪大兩眼看她。

「感覺。」

李隊長拉起一邊嘴笑了笑，他站起身穿上風衣，

「幹我們這行的，感覺的確很重要，不過不能往好的方向感覺，得往壞的方向感覺，才不容易因小失大。」他走到崗哨門前，「今晚我睡在宿舍，妳也最好別回家，到年前，恐怕都不會清閒。」

註釋

1. 張岳公指的是張羣，蔣介石在日本振武學堂的同學，此時任總統府資政。

一九八一年（民國七〇年）一月二十九日星期四（距離大年初二，還有八天）

年味漸濃，即使復興三路也比平日忙碌許多，一天總有好幾輛車拜訪張家，幾乎都是來送禮的，梁如雪幫忙收發，也藉此了解都是些什麼人送禮來。最引她注意的當然是署名蔣宋美齡與孔令儀的，是個長條形卷軸盒，可能又是宋美齡新完成的國畫。在蔣介石死後的第二年，宋美齡便去了美國，她和張學良有相當長的友誼，局裡內部參考用的一本書上說，張學良曾私下表示，若非宋美齡，他早被蔣介石槍斃了。

這應該是張學良期待的禮物，梁如雪立即送進屋內，張學良依然坐在他的書桌前，接過長形的紙盒卻不打開。

「難得她還記得我。」老人對著畫軸說話。

張學良從在南京被幽禁起，最支持他的兩個人是宋美齡與宋子文兄妹，抗戰勝利後宋子文先去了美國，十年前在舊金山意外喪生，這個意外據說是吃飯被雞骨頭哽住而無法呼吸。

趙四小姐去採購年貨，張學良上午忙完蘭花後就一直待在書房，他把宋美齡的禮物推到書桌一角，看起來心情很低沉，梁如雪小心地問要不要來杯咖啡。

「咖啡，好。梁小姐，你知道這是誰送來的禮物吧？」

梁如雪謹慎地點頭。

「宋家六名姊弟，排行老三的宋子文跟我最要好，大家都罵他是貪官，我倒覺得未必，他家原本就有錢，貪那點錢幹嘛。和我一樣，一生最大問題就是沒有碰對上司，遇到事情沒人教，憑直覺去做，得罪一大堆人。他是財政部長，給誰錢不給誰錢，給多給少，這種差事只會樹立敵人，交不到朋友。我呀，自負自傲，滿腦子全是救國，那個誰在報上罵我，一心救國的不是你張學良一個人而已。」他停頓了一下，「妳送的綠豆椪好吃，趁妳的趙四小姐不在，再幫我弄點。」

進了廚房，端出咖啡和綠豆椪，張學良笑了：

「我們這群老傢伙都愛甜的，大千有糖尿病，他夫人管得緊，甜的不能碰，經國總統也是糖尿病，只能背著醫生、夫人，有機會就偷吃點，上回張岳公說，堂堂總統在辦公室裡偷喝汽水。我還好，可是照樣被管制。」

張學良忽然放下碟子，將畫軸遞給梁如雪：

「妳幫我打開看看。」

梁如雪嚇一跳，沒想到能見識蔣夫人送張學良的禮物。小心打開，果然是幅畫，張學良側眼看了看：

「她不錯，還能畫。收著，等小妹回來，交給她。」

收起畫軸，梁如雪才恍然有所省悟，張學良要她拆禮物，莫非是讓她看裡面的內容，省得她瞎猜？

「宋家的子女都不得了，」張學良又自言自語起來，「大姐宋靄齡嫁給孔祥熙，二姐宋慶齡嫁給孫中山，老四宋美齡嫁給蔣中正，宋子文排行老三，下面還有兩個弟弟——這兩天外頭的警衛增加不少，是為了大陸來的信吧。」

梁如雪一驚，原來張學良都清楚。

「來的是封賀年卡，在壁爐上面，妳看看。」

該不該去拿呢？梁如雪猶豫了會兒，還是走到壁爐取下紅封套，裡面就是張紅色賀卡，寫些過年的吉祥話，署名鄧穎超。

她可以向主任交差了。

「外面人說我糊塗，」張學良起身走到壁爐前，接過賀年卡撕成碎片扔進簍子內，「這把年紀，知道什麼時候對什麼人該糊塗，也知道什麼時候對什麼人不該糊塗。」

他走出書房，看著院子外陰霾的天空：

「我現在沒祕密，以前也沒祕密，就算有，」他拍拍胸口，「也一輩子是祕密，隨我去見上帝。」

•

所有的人都分別回單位領年終獎金，主任將一個牛皮紙信封交給她：

「辛苦，這件事處理得很好，蔣夫人的畫上沒題什麼字？」

「五個字，漢卿與一荻。」

主任發出一串分不清是高興或是挖苦的笑聲。他沒提鄧穎超賀年卡的事，梁如雪一度想從張宅清理的垃圾裡找出賀年卡的碎片，李隊長說沒事。意思是上面不在乎這封賀年卡，或是另有人會去處理？

出了辦公室，在一樓見到穿著高中制服的男生背影，李隊長朝梁如雪招招手：

「到隔壁房間聽聽，現在的小孩子呀，搞不清事情輕重。」

「方便嗎？」

「方便，跟妳的工作也有關係。」

在雙面鏡那頭的是老逃學的復興高中學生，叫魯台生？對，第二代外省人很多叫台生，似乎紀念這段逃到台灣的過程並期待有朝一日能返回家鄉。

可能有兩個月沒剪的平頭被剃得像西洋棋的棋盤，一塊白一塊黑，梁如雪差點笑出來，想必是旁邊陪著他的老雷用推子的傑作。老雷仍穿燙得筆挺的卡其軍服，衣領掛著三顆梅花的軍階。兩名幹員拿著紙筆問話，其中年長的那個厲聲問：

「你集郵？」

魯台生點點頭，梁如雪看得出，他的兩手發著抖。

「這郵票是什麼意思，懂嗎？」

魯台生看看老雷，搖搖頭。

「郵票上寫些什麼？」

魯台生又看老雷，年長的幹員不耐煩，

「郵票是你的，不是你教官的，自己說。」

魯台生顫抖地回答：

「毛澤東是世界革命人民心中的紅太陽。」

「老教官，你看，不能小看郵票，影響多大。」他轉頭問魯台生，「你對毛澤東了解多少？」

魯台生搖頭。

「會背諸葛亮的《出師表》吧。」

魯台生又搖頭。

「不會背課本裡的《出師表》，倒是郵票上每個字你都記得清楚？郵票哪裡來的？」

「我們班上那個香港僑生送我的。」

「他叫什麼名字？」

學生小聲回答，一旁年輕幹員忙碌地抄錄在夾著複寫紙的偵訊單上，交給年長的那個後，兩人匆忙退出房。

鏡子前的教官和學生並排坐著，魯台生腳上黑色大頭鞋慢慢抖動起來，小腿抖，大腿也抖，接著老雷一巴掌打在那條右腿上，

「男抖窮，女抖賤，還抖！」

腿不抖了，變成右腳鞋頭踩左腳鞋頭，踩著踩著變成磨。

「叫你進射擊隊做什麼？」

「搬彈藥。」

「混蛋，教你學著做正經事，賣勞力是最簡單最實際的正經事。腳放好。」

兩隻大頭鞋乖乖擺正。

「你想學射擊，教官是不是讓你學了？學射擊最重要的是什麼？」

「每一槍射中靶心贏得冠軍——」

「混蛋，教你練耐心！才練幾天，想得冠軍？你腦子裡怎麼全是不勞而獲的念頭？瞄準目標後，要怎麼樣？」

「扣扳機。」

「笨蛋，要停止呼吸，全神貫注在目標上。你呀，從不想過程，只想結果。天天作夢。」

「作夢是年輕人的特權。」魯台生輕聲的反抗。

「怎麼說你才懂？」變成老雷抖動起來，他撐在椅墊上的手抖起來。「小女朋友呢？」

「她說她要考大學，沒空。」

「沒空？你以為送封情書去，女生就該感動得流淚，抱著你說愛你？王八蛋的笨蛋。」

「教官，你怎麼知道？」

「魯台生，」老雷轉過頭，「看著我，看教官的眼睛。」

魯台生勉強斜過頭，抬起眼皮。

「高中是你最珍貴的歲月，不要怕功課不好，不要怕女生不理你，設定一個目標，做一件別人做不到的事，從頭到尾做完，只要你做完，不管做得好不好，教官都想法子去教務處遊說，讓你畢業。」

魯台生又用右腳鞋頭磨左腳鞋頭，

「那，那要做什麼？」

兩名偵訊幹員進房時，正見到老雷跳起身，一個巴掌打在魯台生頭頂，

「要我借你一個腦子？」

李隊長送梁如雪到大樓門口，

「我叫車送你回北投，最近別出樓子。剛才妳看到了，共產黨就喜歡吸收這種正事不知，混事搞一堆的小鬼。」

「他會怎樣？」

「小鬼，嚇嚇就成，不過他那個香港僑生同學有點麻煩，說不定取銷入學許可，送回香港。」

梁如雪行禮上車離去，開始下起毛毛雨了。

•

主任站在辦公室的窗前，他撥開百葉窗，望著外面的細雨與正離去的轎車。兩個手

下站在辦公桌前，主任背對他們問：

「張大千和他太太就講這些？張學良究竟什麼吃不消？坐飛機吃不消？坐漁船吃不消？」

兩名手下立正站得很挺，卻沒回答。

「少了一樣，少了哪一樣？張學良在新竹幹過什麼事？都查清楚。為什麼唯獨這段談話錄不到音？竊聽器沒問題，那是他們就在這時候故意不說話囉，為什麼？查清楚。為什麼中間突然冒出『殃國旗』，把錄音帶重聽一次。」

「報告主任，」其中一人小心地回答，「推測殃國旗應該是某種雞，張大千說張學良養過雞，所以不吃雞。」

「養過雞就不吃雞，」主任罵，「那養豬的不吃豬肉？種菜的不吃菜？種米的不吃飯？」

兩名手下垮著臉對視一眼，說了聲「是」，即匆忙退出。

主任對著窗外：

「那兩個老頭子究竟在搞什麼鬼？」

一九八一年（民國七〇年）一月三十一日星期六（距離大年初二，還有六天）

主任辦公室內，主任對著電報發出憤怒的罵聲：

「英國人的走狗，香港人都他媽的數典忘祖成天只會對英國人喊阿sir。執行非法活動，驅逐出境？誰的境？要不是我們打抗戰，他們還跟著日本人當奴隸！」

電訊室小陸立正站在桌前，連看也不敢看主任。

「派人去機場接，先送他回局裡去報告，跟他說要是不急著回家，局裡回完話，到我這兒來一趟，我請他喝酒壓驚。」

小陸慌張地奔出辦公室，主任從抽屜摸出菸，是藍蔚天留下的三炮台。

•

梁如雪隨趙四小姐坐著車從張家出來，見到對面崗哨前，除了便衣之外，多了個熟悉的人影，是趙崗，他正盯著車子看。梁如雪沒搖下車打招呼，不知趙崗有什麼事？

趙四小姐對車外的便衣人員視若無睹，她拉著梁如雪的手說：

「除夕回家吃飯吧，別留在這裡，我們沒事，不必耽誤妳吃年夜飯。」

車子駛過崗哨前，掀起路面的一片水花，水花後面，梁如雪見趙崗叼著菸漠然地目送汽車。

‧

梁如雪陪著趙四小姐在擁擠的遠東百貨公司裡挑年貨，她朝周圍瞄瞄，至少有三名便衣混在人群內。

「這條圍巾挺適合妳的，花色亮，襯著妳的臉更白。」

她們走到男人專櫃前，趙四小姐挑著領帶：

「漢卿說挑樣東西給妳家老太爺，吃了他的炸醬麵總不能不回禮。」

梁如雪要開口阻止，趙四小姐卻拍拍她的手背：

「漢卿說，要是不回禮，怕老太爺下回不送炸醬來囉。」

趙四小姐臉上露出小女孩般促狹的笑容。

她想收買人心？梁如雪看著趙四乾瘦手指捻起一條條領帶，收下禮物，送回單位，

她不喜歡被收買的感覺，也年底了，要交點工作成績回去。

一九八一年（民國七〇年）二月一日星期日（距離大年初二，還有五天）

張大千焦慮地在廚房內瞪著一臉做錯事的小乙，他抓起一條烏參看看：

「不行，沒發好，再去買了回來重新發。」

電話響，他喊著：

「我來接。」

走回客廳，張大千抓起話筒，問：

「徐老，怎麼樣？……張岳公年前去榮總做檢查，這種事情不好讓他費心……沒關係，我等漢卿回話，不過就是吃頓飯。是啊，忙著發海參，過年不能沒參沒翅。」

掛了電話，他眉頭深鎖，又撥出電話：

「漢卿在嗎？……漢卿，不要有壓力，就是吃頓飯，啥個時候吃都成，我家裡菜現成的，你們來了不過就是下鍋炒炒，小事情……反正飯一定得吃，大過年的。……好，你等我電話。」

他走進院子裡散步，妻子雯波夫人追出來問：

「大千，魚翅發不發？」

張大千歪著腦袋，摸摸長鬚說：

「雯波，魚翅先別急著發。」

當雯波夫人才轉身進屋，張大千又急著大叫：

「發，雯波，先發，過年跟漢卿這頓飯一定得吃。」

•

趙崗坐在哨所內，無聊地翹腳抽菸，終於見到對面張家的大門打開，梁如雪匆匆走來。

「對不起，昨天陪趙四小姐，今天又讓你等這麼久。」

「又在張家吃到什麼好東西啦？」

「這兩天張學良心情不很好，好像跟去張大千家吃飯的事有關。到底誰不准他們一起吃飯？」

「我也不清楚，大概最近老共那裡動作大，單位裡多了點雜音。」

梁如雪繃著臉：

「聽起來上面很重視他們最近的活動情況，我是不是沒做好？」

「妳們主任對妳還算滿意，喂，才做不到一個月，別給自己太大壓力。」

「這麼多人盯著，讓他們吃個飯有什麼關係？過年了。」

「沒辦法，幹我們這行，凡事要抱著懷疑的態度。」

「這樣多沒人味。」

「如雪喲，情報工作就建立在懷疑的態度上，我們不是紅十字會，見到人滑一跤，忙著去湊善款。」

「講得我們好像做違心事業。」

趙崗不想再談下去，拿出一大盒的水果，

「本來想直接送去妳家，太冒昧，還是給妳，送伯父伯母，過年，總得給長輩送點禮。」

「拍馬屁。」

趙崗笑了，

「該拍的馬屁不能少，少了就成不懂禮數、不通人情了。」

「那我怎麼回禮？」

「我父母都不在，妳省了禮數。」

梁如雪不說話，領著趙崗往宿舍的方向走，沒幾步，他們和崗哨之間已被樹木阻隔，她咬咬嘴唇才說：

「我爸問你過年要不要到我家來吃年夜飯？」

趙崗愣了愣，伸手去摟梁如雪，卻被她閃開。梁如雪退出一步後說：

「幹什麼，我說是我爸請你去吃飯，沒別的意思。」

趙崗看著落空的右手：

「我也沒什麼意思，伸個懶腰罷了。」

說著，他兩手向上伸，真伸起懶腰。

「別高興，我除夕大概回不了家，不過也沒關係，我爸請你，你一個人去就是了，我在崗哨和大家值班吃火鍋。」

趙崗瞪大兩眼：

「我一個人去白吃白喝，不太好意思。」

「怕什麼，你的嘴甜得很，酒量又好，我爸媽有你陪著吃年夜飯，一定高興死。」

一九八一年（民國七〇年）二月三日星期二（距離大年初二，還有三天）

爸兩手捧著紅色的領帶直說：

「這怎麼好意思，怎麼好意思，不過就是炒個醬、揉個麵。送了照片又送領帶，小雪，我們該怎麼回禮？」

飯桌上擺著好幾盒禮物，有趙崗送的水果禮盒，還有其他的。

爸仍捧著領帶說：

「我再炒個醬，明天妳送去。」

梁如雪搶過領帶，替爸打上：

「過完年吧，不急，張夫人辦了不少年貨，什麼吃的都有，送去反而擺壞了。」

「壞了就壞了，是我的心意，不能白收人家禮物。」

「好，好，過完年你愛炒多少醬就炒多少。」

梁如雪幫爸把領帶打好，推他去鏡子前照照，爸滿意又帶著點羞怯看著鏡中的自己，一手將領帶摸了一遍又一遍。

「要不是我們家小，就請少帥和夫人來家裡吃飯了。」

「他們行動不方便，很少出門。」

「妳除夕也不在家吃飯？」

「要留守。」

「也對，多陪陪少帥。」

•

主任在辦公室正訓斥兩名幹員：

「上面沒把我們的情資送總統府？」

一名幹員聳聳肩說：

「祕書長說這種事不用送總統府，和國家安全沒關係，還交代，張大千和張學良都是國際知名人士，不要小題大作。」

主任一拍桌子吼著：

「國家安全？這些空降來的政務官只懂得拍馬屁，曉得什麼是國家安全？」他喘了口氣後大吼，「我們就是國家安全。」

兩名幹員退出時，藍蔚天側身讓過他們走進來，見到主任的臉色不好，關心地問：

「怎麼？」

主任平下氣，指指辦公桌前的椅子，

「先坐，我叫他們送咖啡來。」

兩人面對面坐著，藍蔚天抽起菸，主任伸手要了一根也抽起來。兩人對坐一言不發，直到咖啡送進來，主任才開口：

「記得張學良寫給蔣公輓聯吧，本來要送靈堂，被我們攔下？」

藍蔚天閉上眼想了想，念道：

「關懷之殷，情同骨肉。政見之爭，宛若仇讎。」

「哼哼，不錯嘛，香港人沒把你腦子燒了。你覺得張學良知錯了嗎？」

「他不可能認錯，要是認錯，這幾十年不都白關了。」

「既然關了這麼多年還死不認錯，要是跑回大陸，你想他對蔣公有好話說？」

「我想過，果真讓張學良回到北京，大陸報紙的頭版大標題會怎麼寫。」

「怎麼寫？」

「被蔣介石囚禁近五十年的張學良，終獲自由。」

「終獲自由？」

主任發出絲毫沒有控制的瘋狂笑聲，兩個人一起笑，笑得不得不抹眼角。好不容易止住笑，藍蔚天問：

「接下來怎麼辦？」

「我們有人每天收張學良家的垃圾。梁如雪，派在張家的那個小女孩，說張學良把鄧穎超送來的賀年卡撕了，已經撿回來重新黏好，剛送上去，看他們還能再多無知。」

藍蔚天點著頭：

「小蔣不如他爸，不夠堅持，我們得幫他守住，現在不能出任何事。」

「是啊，不少人想看他出笑話，除了我們，有誰真心幫他。」

「我們在香港的工作人員很灰心，小蔣不如他爸，完全看不到他有反攻大陸的打算。」

主任沉默了一會兒，轉變話題說：

「電報的事，還是沒消息？」

「沒，我也開出價錢，一樣兩百萬港幣，就是這事惹得香港保密局找上門。」

「委屈你了。」

「沒事，以後不去香港罷了，局裡派了人接我的手，有消息還是會傳回來。」

「看來電報仍在老張手裡，我再加把勁，壓力加大點，看他交不交出來，人年紀大，可能更頑固，也可能沒氣力再鬥下去。」

「希望他沒氣力了。」

「他氣長得很。前幾天下了令，過年期間全體動員，暗著盯，明著也盯。」

「弄幾輛車守在摩耶精舍門前？」

「壓力，每個人耐壓程度不同，可是都有崩潰的時候。」

「戴老爺子那套你全學了。」

「他在，這些事哪輪得到我們煩心。」

兩人不再說話，相互吐著煙，忽然主任又笑起來，笑聲中夾著斷斷續續的幾個字：

「終獲自由，張學良終獲自由。」

李隊長和趙崗坐在停在摩耶精舍外面的車子裡呵著氣，李隊長並不時用抹布抹著滿是霧氣的玻璃。

「他打過電話給張羣。」

「喔，」趙崗好奇地問，「張羣現在不是總統府資政？連總統見了他都得叫聲叔叔。」

「張羣是張大千的四川同鄉，張大千喚他鄉長。」

「難怪三張沒事就在一起。」

「張學良和張羣認識的時間更久，中原大戰的時候，老蔣率軍北伐，面對北方軍閥的聯軍，他非得爭取到東北軍的支持不可，派了兩個人去瀋陽見張學良，一個是代表國民黨的吳鐵城，一個是代表國民政府的張羣。」

「他們想透過張羣對總統抱怨？」

「我想張羣不會這麼做，他一生正直，跟著老蔣這麼多年，張學良也被囚禁幾十年，他要是真能替張學良講話不早講了，現在老蔣不在，向他兒子替張學良說情不是很奇怪。」

「可是我們花這麼多人力盯著三張，有沒有效果？」

李隊長遞根菸過去，搖下車窗，忽然見到摩耶精舍前有動靜，是小乙騎著川崎機車回來，後座一個紙箱內裝滿東西。兩名便衣刻意走上前，既未詢問也未打招呼，只是接近到兩步的距離便停住。小乙顯得緊張，停車時連續踢了支撐架三次才架好車。

李隊長吐出煙才說：

「這三張，我們都得罪不起，上面交代，發揮恐嚇的效果，讓他們有所警惕不敢心存妄想，就算任務圓滿完成。」

張大千步進廚房，看了看紙箱內小乙剛從市場買回來的菜，說：

「初二恐怕請不了客，不能留的這兩天吃掉，海參再發，總得在年內吃成這頓飯。」

小乙沒出聲，一個瘦高的護士進來，對張大千說：

「大師，您這幾天血壓高，我們再量量。」

張大千被護士拉著出去，他笑著喊：

「雯波，她又要量血壓了，好不容易妳不管我，別的女人又管。」

一九八一年（民國七〇年）二月四日星期三（除夕，距離大年初二，還有二天）

張學良公館很熱鬧，連著來了幾輛車，載來大約七、八個老先生老太太。

李隊長翻名冊對著每輛車的車牌號碼，梁如雪則換了新衣服，紅色帶帽子的長大衣，裡面是紅色及膝毛料長裙，套雙深咖啡長統靴，才出現在崗哨前就引來口哨聲，她拉著大衣一角順勢轉了個身，李隊長卻面無表情，

「客人名單都對得上，上面安排東北的同鄉來陪張學良吃年夜飯，安全都沒問題，可是，妳進去還是要特別留意有沒有人塞給張學良什麼紙條之類的小東西。去年過年有人把紙條塞進女人用的口紅，在教堂裡遞給張學良。」

「裡面是什麼？」

「幸好是無關緊要的。留意點。」

梁如雪點頭，靴子踩著馬路上的水窪過了馬路走進張家。

•

媽在廚房裡忙著，爸則在飯桌上擀餃子皮，聽見媽的聲音從廚房裡傳出來：

「快收拾桌子，客人就要到了，你不是要看女婿，人家女婿也要看你，洗乾淨手，換衣服去。」

爸將包好的餃子、麵團和餡都收進廚房，再拾了抹布出來清理桌面。電視裡正播蔣經國在花蓮吃扁食。

「到底什麼是扁食？」爸對著廚房喊。

「你們外省人的餛飩啦。」

「碗裡加了什麼黃黃的東西？」

「炸的油蔥，香。老頭子，包你的餃子，別想叫我包扁食，沒空。」

「這個趙崗是哪裡人？」

媽握著鍋鏟從廚房露出臉，

「沒看到我在忙？你是存心搗蛋？到時候你女婿來，我什麼都沒做好，叫人家看我笑話？」

爸沒說話，他擦著桌子，忽然抬起頭自言自語：

「女婿？」

・

整條中山北路以往車水馬龍，此刻安靜得只聽得到公車駛過濺起的水花聲，藍蔚天搖下車窗，朝外面吐煙，主任在前面副駕駛座，右手牢牢抓住車門上的把手，左手扶著膝上一盒紅紙包的禮物。車子過了圓山後就更通行無阻，轉向陽明山時經過蔣介石生前的士林官邸，他和藍蔚天都將視線投向右手邊一片黑暗的矮樹林。

「不對，都不對了。」主任輕聲說。

「少了以前那種氣氛，同仇敵愾的氣氛。」藍蔚天也說。

「沒人在乎對岸的共產黨，一個個醉生夢死，流水落花春去也，他媽的拿這個孤島當天上人間。」

「和平日子一久，就只想過一天算一天。」

「小蔣的春節文告看了沒？」

「看了，對中共少了以前老總統的那股殺氣。」

「這幾年錢花在十大建設，看樣子小蔣對反攻的事，不帶勁。」

車子直上陽明山上，在中國文化學院前轉進小巷子到達一處只掛門牌沒有住戶姓氏或單位名稱的招待所，門口一名在嚴冬只穿西裝沒穿大衣的年輕人看了他們證件，敬禮後讓車子駛進。

裡面是棟磨石子外牆的兩層樓小洋房，掛在門楣上的紅布上貼著金字：新春聯歡。

•

爸換上西裝，打了趙四小姐送的領帶出房間，媽正端菜上桌，見到爸的模樣，忍不住打了他一掌：

「這是我老公喔？嚇死人，差點以為是小雪的男朋友。對嘛，退休也要打扮像個人樣，以後你每天都給我穿西裝打領帶。」

爸不以為然，回嘴：

「這麼多年，妳喜歡的不是我，是領帶。」

「本來喜歡你有宿舍有眷糧，後來喜歡你還算老實，現在你只剩下老實和張老臉。」

「我還有終身俸。」

媽沒理會，哼著歌進廚房。

這時門鈴響，爸整整領結走去開門，是趙崗，他在門口深深一鞠躬喊著：

「伯父好，我是如雪的同事，趙崗。」

•

張學良家裡很熱鬧，廚房內的幫傭忙著上菜，梁如雪在桌邊幫老先生老太太夾菜、倒酒。

這晚壓軸的大菜是市區內著名湘菜館送來的富貴火腿，主廚親自送上山，在廚房內熱過即端上桌，並且說明這道菜的製作過程，接著為每個客人將火腿肉片夾進土司內。

梁如雪幫忙，先將一碟火腿送給趙四，她卻搖著右手食指，

「先給他，要他少喝點。」

張學良已有點酒意，他舉起杯子喊：

「敬東北老朋友。」

大家都舉杯。

•

梁如雪家裡，趙崗陪著梁爸喝酒，酒燒在梁爸的額頭，甜言蜜語氾濫在梁媽的心頭。尤其梁爸掙紅著臉還要給趙崗倒酒。趙崗卻忙著嚼嘴中的扣肉：

「梁媽媽，妳的梅乾扣肉又香又嫩，我從沒吃過這麼爽口下飯的扣肉。」
梁媽笑得努力掩住嘴，並趁勢將假牙頂回原位。
「今天晚上哪有飯，是金瓜米粉，討喜氣。」梁媽說。
「你這酒好，」梁爸拿起趙崗送來的金門高粱酒瓶放得一尺遠，試圖看清上面招紙寫的年分，「民國六十五年？」
梁爸忽然想起：
「梁媽媽，妳跟樓上的牌局不是九點開始嗎？」
梁媽連鐘也不看，揮揮手，
「沒關係，到時候他們會來叫我。趙先生，來，新鮮的鯧魚，我們台灣人過年一定要煎鯧魚，按規矩用來拜拜，誰也不准吃，得放到十五，年年有餘。」
「要是吃光了，放不到十五。」
「沒關係，我再煎。」
梁爸起身，腳步有些踉蹌，他邁向廚房，
「我們北方人，過年不能沒餃子，我去下幾個酸菜豬肉餃，元寶元寶，討個吉祥。」
「那這杯就只好敬梁媽媽了。」

「我酒量不好啦。」

梁媽笑得全身顫動，她舉起酒杯，

「以後要常來玩。」

廚房傳來「空」的響聲，接著是梁爸的聲音：

「沒事，不小心鍋脫了手。」

•

招待所內傳出那卡西[1]的樂聲，從北投招來的，一台電子琴、一套爵士鼓、一把電吉他，與一位穿高叉旗袍的女歌手，她正唱著：

「山頂一個黑狗兄[2]，伊是牧場的少爺，透早到晚真打拚……」

平日不苟言笑的電訊室小陸抓著麥克風摟著女歌手的腰，扯直嗓子跟著唱，下面幾個同事拿筷子敲碗沿打節拍。

主任的臉早被酒精薰得通紅，他已敬了一輪酒，怕喝了有一瓶半。

「這首歌沒問題？」

「主任，今晚任何歌都沒問題，唱《補破網》[3]也沒關係，全是自己人。」藍蔚天的酒杯碰了主任的酒杯一下，「除夕夜，凡事不追究。」

主任笑著點頭，他又乾下一杯，

「待會兒到我家去吃年夜飯，你嫂子準備了好酒好菜，還蒸了你最愛的赤豆鬆糕。」

「當然。」

「萬一我挺不住，你得幫我，十二點以前到幾個執勤的哨所去慰勞同志，該帶吃的喝的，你嫂子都準備好，在車上。」

「能帶點酒去嗎？」

「嗯，」主任頓了頓，「一人一杯，不能多。」

說著，主任被兩個同事推上台去。

「龍的傳人。」有人喊。

•

客人相繼離去，趙四小姐在門口送客，梁如雪接了電話，把張學良請進書房，是張大千打來的，張學良大著舌頭說：

「新春快樂，大千呀，我原來留著要跟你喝的好酒，這下子我一個人全喝光了，哈哈哈。都這麼多年，別人急，我們可不急，初二吃不成，初五吃，初五不成，十五吃，哈哈。別再送菜來，客人都散光，小妹在送客……好，明天上午等你的大千雞，當中飯。」

•

警衛哨內已煮起一個尖嘴的酸菜白肉鍋，上升的熱度使窗戶蒙上厚厚的水蒸氣，幾名便衣人員一語不發各自捧著飯碗圍鍋吃飯。

一輛黑頭車停在崗哨前，外面執勤的便衣吹了聲口哨，屋內的人隨之全起身，是李隊長，他進屋揮手示意大家坐下，

「新春快樂，來，帶了酒來，都保密，別給上面知道。」

吃飯的便衣都發出笑聲。

酒瓶傳了一圈，每人就著瓶嘴喝下一口，也依序發出「啊」的聲音。

「九點不到，張家的客人都散了？」

「散了。」高個子便衣回答，「大概我們在，他們吃得不舒服。」

「有什麼特殊狀況？」

「張大千打了通電話向張學良拜年。」

「沒說其他的？」

「說明天要人送大千雞來。」

「大千雞？梁小姐還在裡頭？」

「是。」

酒瓶輪回到李隊長手中，他右手如持指揮刀般，以四十五度舉起瓶子，

「大家辛苦，辛苦必然有代價。」

說著，他仰首喝下好大一口。

天空發出碰碰的聲音，三名便衣從黑暗的角落跑到山路中間抬頭朝發出聲音的地方看，是附近孩子放的煙火，接著是成串的鞭炮聲，連李隊長和警衛哨內的人員也端著飯碗出來看。

「十二點了？」李隊長問。

「才十點四十。」

「媽的，現在的人怎麼連過年都等不及，先放炮。」

•

張學良在庭院裡散步，梁如雪拿著外套出去替他披上，此時煙火在天空爆開，張學良抬頭看，若有所思地對梁如雪說：

「過年過節，客人來，客人去。趙四風流朱五狂，翩翩胡蝶最當行。將軍本是風流種，那管東師入瀋陽。梁小姐，聽過這首詩吧。日本人入侵東北，北平一個作家在報紙寫的，罵我張學良朱門酒肉臭，隔江猶唱後庭花。」

梁如雪不敢回應，張學良又說：

「周公恐懼流言日，王莽謙恭下士時，但使當時身便死，一生真偽有誰知。」

「聽過，」梁如雪回答，「我爸以前常念，意思是——」

「意思呀，」張學良沒等梁如雪說完，「無論英雄蓋世，到最後比的只是誰的命大氣長。比蔣老頭子，我就是命長，他生前怕我開口，死後那些人還是怕我開口，誰叫張學良偏不早死。」

天空又出現幾朵煙花，沖天炮帶著咻咻的尾音從山腳下傳來。

「其實做人只有一個道理，人臉上都蒙著張紙，別揭開，你要是揭開了，紙後面的臉，只怕你不想見，」張學良望著天空說，「那張紙，別揭開。」

梁如雪聽不懂，她只是靜靜陪著。

•

梁如雪回到警衛崗哨內便打電話：

「是，一切正常。張學良先睡了，他喝了不少。……大千雞？對，張大千說他明早叫人送大千雞到張家，漢公——張學良說可以當中飯。……其他的沒說什麼，我再想想，嗯，剛才對著庭院裡的蘭花說了些東北以前的事，就是懷舊吧。是，我會留意。不，應該的，隔幾天再回家陪我爸媽過年就可以，我爸是軍人，他懂的，謝謝主任關心。

「對了，報告主任，他剛才說了一句話，人不是為自己而活，是為別人而活。……不懂，是，主任也新年快樂。」

梁如雪掛了電話，拿個碗從鍋內撈點剩下的東西，走出崗哨坐在路旁就吃起來，一名便衣遞來一個夾肉燒餅，她接過，小口啃著。

一個人影從轉彎處朝這裡走來，兩名便衣夾上去，隨即又退回，是趙崗，他帶著酒意逕自坐到梁如雪身邊，

「下班了？」

「我爸媽怎麼樣？」

「妳爸醉了，妳媽上樓打牌去了。」

「謝謝。」

「這有什麼，吃了這麼餐好飯，彩衣娛親也應該。」

「娛親？別想太多。」

「不想。」

「共產黨黨慶的事這麼嚴重？」

「三年前中共飛行員范園焱駕米格十九投奔自由，我們的新聞搞多大，連美國、歐洲的記者都來採訪，要是張學良去了北京，妳猜會怎樣？」

「他只是個老人。」

「他老不老不重要，他怎麼想也不重要，」趙崗從懷裡掏出一個鐵便當盒遞給梁如雪，「你媽要我帶給妳的，金瓜米粉配一塊客家麻糬，她說妳愛吃甜的。」

接過便當打開，

「一起吃。」

「我在妳家吃得快爆肚，妳吃。」

「剛才的話沒說完。」

「剛才什麼話？喔，他老不老不重要，有沒有野心不重要，其他人覺得他重不重要才重要。」

忽然連串的炮聲響起，滿天都是火花。趙崗低頭看看錶，

「新年快樂。」

「人不是為自己而活，是為別人而活。」

「什麼？」

「沒事。」

註釋

1. 那卡西是台式日語，指的是小型樂隊，傳統的台式酒家內經常伴樂供客人唱歌玩樂，也都配有一名歌女。
2. 黑狗兄是閩南語中的帥哥，對漂亮的女孩則稱黑貓。
3. 《補破網》是國民黨初至台灣時的流行歌曲，講的是漁民的辛酸，一度被禁唱。

一九八一年（民國七〇年）二月六日星期五（大年初二）

梁如雪陪著張學良去教堂做禮拜，這對夫妻在宋美齡、周聯華和牧師引介下信了教，很虔誠，梁如雪和另兩名便衣坐在最後一排，隨著眾人做禱告。

出來後梁如雪上前跟張學良夫婦講了幾句話，他們的車子在前面，便衣的車子在後面，開回北投，梁如雪不在車上，她送走張學良的車，便慢慢走到公車站，疲憊地上了車。

回到家，爸不在，媽見到她就要去熱飯菜，梁如雪說不要了，她不餓。

「媽，你們今年沒回娘家過年喔。」

「初二的車票沒買到，老番癲，叫他早點去買，就是不聽，買不到票回來一攤手，好像不回屏東他樂得輕鬆。我不能坐巴士，腰不舒服。過完年再回去好了，省得擠。」

吃完飯，往沙發上一倒，梁如雪不敢睡著，沒想到還是睡著了。

中午左右爸回來，半醒睡中，梁如雪感覺爸替她拉上被子，然後爸坐回飯桌，解開塑膠袋，裡面好幾本書，都是關於張學良的。他坐下靜靜看書，媽則在電視前的沙發已打起瞌睡。

·

張學良家前已恢復正常，便衣仍是兩人，一人在崗哨內，一人在崗哨外對著張家抽菸。

·

山下傳來有人跑步的聲音，鞋底拍打柏油路面，啪達啪達的。

忽然一個理光頭的年輕人慌張地朝山上跑來，是因郵票案被偵訊的魯台生，他剃了大光頭，穿著褲腳大喇叭的牛仔褲，邊跑邊用左手掌捂著頭，指縫間有血跡。後面跟著另一個較高大的高中生，抓著一根木製的武士刀喊著：

「我操你媽的魯台生，不是你去告密還有誰，還有誰知道我送郵票給你，老子剁了你這個漢奸。」

抽菸的便衣想攔上去，但又退回崗哨內抓起電話撥出去。

·

機場入境的證照查驗通道前排滿旅客，三個掛著識別證穿西裝的漢子圍住三號櫃台前的一名中年女子，講了幾句話，領她到一旁的房間去。中年女子什麼也沒說，順從地跟著他們。

另一邊某個也掛識別證的男人抓著對講機說著話：

「逮到，不過她持英國護照，行李也擱下，檢查過，除了一副仿製的〈清明上河圖〉、兩罐武夷山的茶葉，沒什麼特殊的。」

•

劉田單辦公室大樓內掛滿紅紙剪成的過年飾物，主任正講電話：

「她是張學良的乾媽也不行，不准見就是不准見，其他的按照一般程序處理。既然有簽證，歡迎在台灣觀光，那兩罐送張學良的茶葉，由我們派人送去張家。當然派人盯著，這不是廢話，什麼都要我教嗎？要是她有非法行為那更好，阻止她幹嘛，等她做了，就有名目抓起來。」

一九八一年（民國七〇年）二月七日星期六（大年初三）

一早主任仍如平常的時間，八點半準時進辦公室，才放下皮都磨白的公事包便急著撥電話，

「都沒事？垃圾筒別漏了。」

沒掛電話，他又撥出一通，

「想初二吃飯，當我們這些人是飯桶！吃不成飯，這二張不會就此罷休，繼續盯著，還有，叫我們派在張家那個人有空回來一趟——不是梁如雪，家裡那個。」

桌上乾乾淨淨，沒有公文，主任自己沏杯茶，倚在蝙蝠圖案的坐墊裡，喝了口熱茶，人彷彿鬆了螺絲，肩膀垂下，眉頭也展開。

一九八一年（民國七〇年）二月九日星期一（大年初五）

「梁小姐，得妳出馬，怎麼說，他就是不肯走。」

梁如雪從崗哨的窗縫往對面看，是那個魯台生，光頭上綳塊好大的紗布，坐在張宅門口不動，身邊一名便衣抓住他衣領。

「我跟他聊聊。」梁如雪衝出崗哨攔住那名便衣。

「在學校見過你，帶你爺爺的刺刀到學校，被老教官逮到對不對？」

魯台生理也不理，兩腿交叉盤坐在張宅門前水泥地上。

「你有什麼事？」梁如雪再問。

「找張學良。」

「你找他什麼事？」

「要採訪他。」

「你，採訪他？」

「對，我答應替同學的刊物寫篇張學良的專訪。」
「什麼刊物？」
「不能講，地下刊物。」
「採訪別人行不行？」
「不行。」
警車靜靜停下，兩名員警下車看看梁如雪，其中一人問：
「就是他？」
梁如雪點頭，兩個員警二話不說，抬起魯台生的胳膊便往車上送。梁如雪追上去問：
「你們會怎麼處理？」
「怎麼處理？他沒犯法，就是討人厭，帶回分局教訓一頓。」
「不會告訴學校吧？」
「看他表現如何。」
警車一個大迴轉駛往山下。

・

「問了〈廬山圖〉的事，」藍蔚天將封電報朝主任面前送，「幾年前張大千就答應那個華僑，人家連旅館整堵牆的位置都留好，等這幅畫完成了好掛上去。」

「查過背景？」

「沒問題，單純的生意人。」

「能打商量嘛？」

「什麼商量？」

「畫先在台灣展出，再送去日本。」

「合情合理，應該沒問題，我請日本特派員跟對方聊聊。」

「走，吃麵去，今天開市。」

兩人步出辦公室，

「過年期間都正常？」

「還正常，」主任對朝他敬禮的同事回了禮，「不過有點令人納悶，吃飯那檔子事，他們還沒死心。」

「非吃不可？」

「張大千給張學良去了電話，說年過完之前非吃不可。」

「年過完前？」

「元宵前。」

「為什麼非在這時候吃？」

「我就說嘛，如果不是有急事，電話裡能講，過完年也能講，非趕在這幾天，你說能沒事嘛。那個拿英國護照的大陸女人怎麼樣了？」

「查了，這幾天到處看朋友找親戚，茶葉是另一個人託她帶給張學良的，只要茶葉送到，她不堅持非見老張不可。」

「茶葉呢？」

「剛送來，查過，裡面沒別的東西，倒是有張卡片。」

「卡片？不會又署名鄧穎超？」

「不，說是東北故人，叫什麼關震東。」

「邪門，聽起來像東北鬍子的綽號。」

「女人不肯多講，我們也沒理由扣她，盯著也就是了。」

「預計什麼時候出境？」

「初七。對了，主任，張大千他們吃飯，張岳公那裡沒傳什麼話來？」

「他年紀大，可能不清楚內情，也可能不想沾上這種事。」
「為什麼不考慮讓他們吃飯，才能探聽到底搞什麼名堂——」
「不，不能吃飯，不怕他們想跑，跑不掉，要讓他們怕，張學良要為做過的事付出代價，別以為被拘禁幾十年就能了事。」
藍蔚天沒說話，他拉拉衣領，
「聽說過完年山西餐廳要搬家了。」
「為什麼要搬？」
「房租貴，生意不好。」
「台北的老館子越來越少了。」

•

「上午忙半天，因為一個高中生？」張學良看著梁如雪。
「是，他在學校是問題學生，遲到、逃學、打架、功課不好，突然說要採訪漢公，賴在門口不肯走。」
「他要採訪我？採訪我什麼？」
「沒問，警察帶回分局了。」

「哈哈，」張學良笑著，「下回他要是再來，說我最討厭記者，不接受採訪。」

「應該沒有下次了。」

一九八一年（民國七〇年）二月十二日星期四（大年初八）

「又來了？」

「是，上午七點來過一次，三點半再來一次，現在，又賴在門口，要不要給分局去個電話？」

梁如雪走過馬路，魯台生和上次一樣，盤腿坐在門口。

「你坐在這裡擋了路。」

「就要擋，這樣張學良才會知道我要採訪他。」

「魯台生，你不像是想寫文章的人，為什麼突然要採訪張將軍？」

「就是想，非採訪到不可。」

「你想寫些什麼？張將軍年紀大，沒時間接受你的採訪。」

「老教官說，做件像樣的事。」

「採訪到張學良算像樣的事？」

魯台生不再回答，他掏出一本書看起來，梁如雪瞧到封面，她也有一本，《西安事變始末》。

・

學校還沒開學，教職員卻仍分批值班，老雷坐在教官室內，即使是假期，他仍穿得一絲不苟，黃卡其襯衫與長褲外面只罩了件短綠夾克，照樣掛著陸軍射擊手勳章。

「這樣對我們不方便，對魯台生也不好，老被帶進分局。」

「沒關係。」老雷這個年似乎過得不是很如意。

「有關係，張宅仍受管制，不能容許他每天坐在門口。」

「你們管你們的，他坐他坐的，又沒武器，十八歲的男生，做不出什麼大不了的壞事。」

「老主任，這樣我們只好通知分局。」

「沒關係，我和分局長講過，學生沒犯法，要是住戶張家抗議，頂多算是魯台生妨害交通，抓了也只能放，不能開罰單，不能拘留，再說張家從沒抗議過。」

「學校難道沒有態度？」

「有，」老雷瞪大眼珠子，「我們的態度是，他沒犯校規，現在是假期，誰也管不著。」

梁如雪氣得想掉頭離去，她壓下情緒，

「魯台生到底想做什麼？」

「想學好。」

「學好？」

「不想被女生瞧不起，不想被同學和老師瞧不起，不想將來被自己瞧不起，所以決定做件有相當困難度的事，畢業前完成。」

「困難的事？採訪張學良？畢業前他都打算賴在張家門口？」

「希望他有恆心。」

•

張學良好幾天沒出門散步，和魯台生守在他家門口沒關係，而是有點吃壞肚子，在家休息。

梁如雪兩天沒見到他，按照規定必須每天報告張學良夫婦的活動情形，但她只能說，「張學良生病，我見不到他」，覺得好像有虧職守，她有點急，需要能往上面呈報的情報。

趙崗抽空過來，他瞄瞄坐在張家門口的魯台生，

「這小子存心搗蛋，局裡全聽說了，稱他為苦守寒窰的王寶釧。怎麼不勸他坐在這裡沒用，不如坐到女朋友家門口，說不定孝感動天，能追到小女朋友。老張生病，哪曉得有人如此癡癡地對他，白等了。」

「開學以後應該就不會再來。」梁如雪倒是對魯台生充滿同情。

「妳們主任交代了新任務給妳沒？」趙崗換成正經的口氣。

「什麼新任務？」

「難道要妳成天守在這裡當張學良的祕書？我是說，就算盯張學良，也該有具體的目標，要達成什麼、找到什麼，否則調去別的單位做點具體的工作也行。」

「沒，什麼也沒對我說。」

梁如雪覺得趙崗問得沒頭沒尾，她斜著臉看趙崗，

「局裡是不是對敝單位的行動好奇？派你這位大偵查員來打聽？」

「想到哪裡去了。」趙崗搖頭，「劉田單辦公室名義上隸屬局裡，事實上獨立運作單位，妳們的老闆是國安會祕書長，我們的老闆是國安局長，他們做老闆的每周開會一次，重要的事情在那裡都會匯報，輪不到下面的人瞎猜。我想從妳這裡打探什麼？沒的事。」

魯台生這兩天坐不住了，也許天冷，坐不到五分鐘就起來又跑又跳，上午帶個籃球來在張家門口練習運球，便衣的耐心有限，說這小子根本是向他們挑釁，有人上前一大腳把籃球踢下山。魯台生沒吵沒鬧，又坐回去看書，這會兒怎麼又跳起繩。他們下周一開學，大家才能鬆口氣。

等等，梁如雪覺得這時候放棄，替他覺得可惜，她朝對面走去，趙崗緊跟著。

「魯同學，」梁如雪坐在魯台生旁邊，「如果你有機會採訪張將軍，想問什麼問題？」

魯台生見到趙崗有些畏縮，但仍從口袋抽出一本筆記簿，翻了翻就念起來，

「請問張將軍，你對於打破目前國共對峙的狀況，有沒有什麼建言？」

「你問這？」趙崗幾乎突出他的眼珠子，「我看你乾脆問美國和蘇俄哪天扔飛彈好了。」

魯台生看看趙崗，梁如雪安撫他，

「還有呢？」

「請問張將軍，我們從小受的教育都說中共和國軍打仗時，共軍強押老百姓到第一線當炮灰，而且攻打台灣會血洗台灣，你的看法如何？」魯台生念著。

「這又是什麼問題？小子，你腦袋是不是有問題？」趙崗又吼起來。

「繼續。」梁如雪不理會趙崗。

「請問張將軍，兩岸如果統一，或者台灣獨立，各會有什麼樣的影響？」

「再來。」梁如雪鼓勵他。

「請問張將軍，你住在這裡是監牢還是你自己的家？如果是監牢，你出獄後最想做的是什麼事？」

「誰告訴你他這裡是監牢？」趙崗吼著。

魯台生抬起眼皮，用眼白飄了趙崗一眼。

「你為什麼要問他出獄後想做的事？」梁如雪好聲好氣地問。

「我們同學現在最流行的就是如果考上大學，最想做的是哪件事。」

「大部分的答案是什麼？」

「很多，我聽到最常出現的答案是，睡覺。」

梁如雪笑起來，跟她想的一樣，如果結束春節的執勤，休假的第一件事就是拚命睡，能睡多久就睡多久。

「你呢，你最想做什麼？」

「我和其他三個同學已經商量好，帶夠水和食物，打籃球，打到不能動為止。」

「所以你們想問張將軍這個問題？」

「對，他被關這麼久，想了幾十年最想做卻一直不能做的事，一定很有意思。」

「就問這些問題？」趙崗也放低音量，「為什麼不問重要的？」

「什麼是重要的？」魯台生仍斜眼看趙崗。

「你不想問西安事變的真相？不想問共產黨怎麼策動他犯下這滔天大罪？還有，像是日本軍入侵東北時，他到底在幹什麼？」

魯台生不看趙崗，卻看梁如雪，「問那些要做什麼？都過去了，當然要問現在的事情，採訪才有意義。」

梁如雪掩著嘴笑，怎麼也停不下來，呵呵呵，呵呵，尤其當她看到趙崗橫眉豎目又不知該怎麼接話時的表情，呵呵，她也被魯台生打敗了。

一九八一年（民國七〇年）二月十三日星期五（大年初九）

「非得儘快找到那封電報不可。」

「香港方面的消息是假的，出價兩百萬也是謠言，沒有電報的影子。」

主任朝咖啡館的小姐招手，

「櫥櫃裡的黑森林蛋糕，來兩塊。」

下星期就開學，街上到處都是把握最後幾天假期的學生，咖啡館內坐得滿滿，前面兩桌一對看起來頂多十六、七歲的男女抱得緊緊。主任啐了一口，

「現在的年輕人到底怎麼回事？軍校招不到人，還有人每天增肥逃兵役。」

「我家鄰居的兒子就在一個月內從六十二公斤增到七十八公斤。」藍蔚天吃口蛋糕抿抿嘴說，「他得在今年五月體格檢查前增到一百公斤。」

「吃這麼胖，怎麼減回來？」

「他們有一套，增肥減肥全在健身房，增肥時候做完重量運動就吃，吃完再做，再

吃，說是這樣吃得多。等到服役前的健康檢查完畢，一百公斤以上的丙等體位不必當兵，再回健身房，跑步舉重，只吃水燙的青菜和沒油的肉，聽說半年內又能減回來。」

「要命，為了逃兵花這麼大氣力。」

「還能怎麼說，海陸空的幼校學生不足，合併成一所中正預校，免學費還有薪水可領，招到的學生連湊成個鼓號樂隊都有問題。」

前面的男女親起嘴，女孩閉著眼，男孩的手往她外套內伸。不像話，主任差點上前罵人，算了，幸好他的女兒已經過了這段不知天高地厚的年紀。

「那麼說電報還在老張手裡。」

「應該，除非在溪口的時候交給前妻于鳳至。」

「不太可能，于鳳至離開的時候軍統的人搜過身，沒電報。」

兩人同時端起咖啡杯，主任見到女孩把男孩的手從她外套內拉出來。

「你聽過老張打麻將的故事？」

「他打麻將？」藍蔚天好奇地問，「不是說這些年不打了嗎？」

「東北幾個老傢伙說的，老張以前挺愛打的，不過他有個毛病，愛做大牌，摸了五張萬字就想做清一色，這樣打牌法不是存心和鈔票過不去。」

「贏少輸多？」

「根本贏不了，別人小胡也是胡，他就不高興，認為好好一副大牌被小胡給攔了，沒意思，後來乾脆不打。」

「懂了，電報還在他手上。」

「我看也是這樣。」

對面男孩的手又伸進女孩的外套，這回女孩沒攔。

一九八一年（民國七〇年）二月十七日星期二（正月十三日）

梁如雪躡手躡腳走進民生東路的社區圖書館，她見爸坐在角落一張長桌旁，戴著老花眼鏡正專心寫著什麼，面前有一堆書。她走到爸對面拉開椅子坐下，爸仍沒抬頭，直到梁如雪伸手過去拿起一本書，爸才嚇一跳，見是女兒，他笑著捏捏梁如雪的臉頰。上次他這麼做，梁如雪五歲？七歲？

「妳怎麼知道我在這裡？」

「媽說的，她要我來查查，說不定你在外面搞小公館，圖書館是幌子。」

「這把年紀，搞什麼小公館。上面放妳假啦？」

「補休年假。爸，要不要出去吃中飯？」

爸看看錶，抓起外套起身，

「走，爸請妳去吃漢堡。」

「為什麼吃漢堡？」

「新聞上不是說美國漢堡店要開到台灣來？搞得漢堡火熱，現在滿街都是，我一個老頭子跑去吃漢堡很奇怪，你媽又不肯陪我，今天難得妳在，我倒想吃吃看兩塊麵包夾塊肉有什麼好吃的。」

他沒把書帶走，看起來吃完飯仍要回來。

父女倆走進對面巷子內一家用落地玻璃窗做裝潢的西式餐廳，爸好奇地看著左側開放式廚房內店員在鐵板上煎漢堡的動作，梁如雪則對另一名店員點餐，選了靠窗的位置坐下。

爸對漢堡有點不以為然：

「不是牛排嗎，怎麼是塊碎肉餅，煎得黑乎乎的，能吃嗎？」

「爸，是你要來的。」

「也是，既來之則安之。」

「爸，在忙什麼？開始寫武俠小說了？」

「不，想寫張學良。」

「怎麼想寫這個？」

「他的一生充滿傳奇，是我那個時代裡的大故事。看著寫他的書，你天真的老爸爸才突然間明白，原來我到處打仗以為世界上只有抗日這件事，根本沒搞清中國還發生其他許多別的事，而且我打仗，竟然和那麼多八輩子也不可能有關係的人發生關係，小雪，你說，人生是不是挺有趣？」

梁如雪望著父親激動的表情，她從沒見過爸這麼興奮過。

「而且，太玄了。張學良在東北沒抵抗日本軍，應該是蔣介石叫他別抵抗的，結果做軍人的遵守命令，他卻得背負賣國的罪名，像話嗎？搞得四萬萬中國人罵他沒種，搞得東北軍被蔣介石接收，硬是拆得亂七八糟，把一心抗日雪恥的二十萬東北軍弄到西北去打共產黨。」

「這和你的抗日有什麼關係？」

「關係大了。你爸我呀，從軍多少受了張學良影響，日本人打長城，張學良麾下宋哲元的二十九軍死守喜峰口，用大刀隊砍了六千多日本兵的腦袋。我家鄉的人都興奮得不得了，記得當時軍人有個口號，替東北軍復仇。我想去廣東念黃埔，妳爺不許，說我年紀太小，等到全面抗戰，還是妳爺，給了我錢當路費，到內地投了軍，才會到台灣，才娶了妳媽，才生了妳。」

爸講得有些感傷，他掏出老花眼鏡，沒有緣由地擦拭起鏡片。

「爸，歷史學家會去研究——」

「不，歷史是我們走出來的，我們最有資格研究。」

店員送來漢堡薯條，爸握起漢堡，端詳許久，張大嘴咬下去。

父女倆吃著漢堡，爸仍不時講著話，屋外一群中學生穿著制服揹著書包經過，開學了，幾個學生臉貼著窗戶玻璃打量室內，爸朝他們晃晃手中的漢堡。梁如雪知道父親變了，變得年輕，變得敢於走出家門和其他人打交道，不過他掉進張學良的迷思裡，不知是好事壞事？

•

立法院旁一間日式的咖啡館裡，剛流行小蜜蜂的遊戲，趙崗坐在玻璃面的小檯子前，一個勁地對檯面下的螢幕按兩個紅色鍵鈕，連梁如雪站在他身後也沒發現。

「你也迷上這個？」

趙崗像小學生在課堂上看漫畫書被逮似的，整個人彈跳起來。

「妳來啦，我們那邊坐。」

「不打完？」

趙崗不好意思地看看螢幕，

「來早了，無聊，玩玩。」

兩人坐到隔壁一桌，點了虹吸式曼特寧咖啡。

「你爸最近還好？」

「忙，天天上午去圖書館報到，上午待在我們家巷口的社區圖書館，下午要改去台北市圖書館，說資料不夠多，明天打算再鑽進中央圖書館，我媽以為他發神經病。」

「愛念書是好事。」

「我媽懷疑他在外面搞女人，說最近很多退休男女流行爬山，爬著爬著就爬上床——」她掩住嘴笑，「就爬出感情來。」

「叫你媽陪他去圖書館呀，不看書也有報紙，省了訂報紙的報費。」

「除了麻將桌、電視機，她坐不住。前兩天還吵了一架，我媽叫爸去住野女人家，解釋都解釋不清。」

「你爸到底為什麼突然迷上看書？」

「張學良。」

「張學良？」

「因為我的工作，我爸覺得突然之間他和歷史有了關係，就研究起張學良的故事，還要我想法子託人從香港替他買書回來。」

「也許我能想想辦法。」

梁如雪眼睛一亮，她壓低聲音問趙崗：

「日本軍入侵東北，張學良為什麼不抵抗？」

趙崗愣住，兩手停在糖罐上，

「怎麼問這問題？」

「我爸正在研究。」

「書上寫的有，張學良那時帶著大軍進駐平津，他在北平還認識了趙四，也沾上毒癮，所以根本沒防備，讓日本關東軍一天之內就搶走東北。當時有人寫了首打油詩，什麼趙四風流朱五狂，說的就是他成天膩在胭脂盒裡，連日本人打進瀋陽，他還抱著小妞跳舞。他有句名言，自古英雄皆好色，若不好色非英雄。我雖不是英雄漢，卻也好色似英雄。」

「這麼簡單？」

「他後來為這事辭職，到了上海找杜月笙幫他戒毒。大陸變色，杜月笙逃到香港說出他幫張學良戒毒的事，四肢綁在床上幾天幾夜忍受毒癮發作，張學良痛不欲生，但至少把毒戒了，然後他帶著家人去了歐洲。」

「杜月笙？那個上海大流氓？」

「他是清幫前輩，那個時代的清幫幾乎都幫國民黨。杜月笙死在香港，遺體運到台北葬在汐止，蔣公和張羣都題了字，這樣你知道杜月笙和蔣公與國民黨的關係吧。」

「清幫的勢力這麼大啊，你是不是清幫的？」

趙崗苦笑一下：

「小雪，有些事不要問，我們這行的總有點不便讓人知道的祕密，但我保證不是壞事。」

「聽說很多長官都是清幫的？」

「聽說，我也聽說。喔，叫梁伯伯別太費勁，張學良和西安事變的真實情形還沒解禁，很多第一手的資料他查也查不到。」

「你找我什麼事？」

趙崗攪著咖啡，

「有件事，剛聽說的，張學良手上有件東西很重要，幾十年都不肯交出來，妳們單位急著找，可能妳有這個新任務。」

梁如雪皺起眉頭，

「沒人對我提過，什麼東西？」

「不能再講了，」趙崗尷尬地笑笑，「我已經洩密，不能再洩，只是提醒妳，雖然年已過完，工作可能更重，要沉澱一下心情，免得達不成任務。」

「不說就不勉強，張學良有什麼東西那麼重要？」

傍晚時張學良在家裡喊著：

「梁小姐，梁小姐，走，跟我去散散步。」

梁如雪隨著張學良走出大門，她問：

「夫人身體好點沒？」

「她呀，不聽我的話，愛漂亮，晚上也不肯加衣服，感冒了吧。躺幾天就好，我們這身老骨頭是經過歷練的，貴州山裡的窮山惡水也沒整倒我們。」

兩人並肩往山上走去。

崗哨內露出一副望遠鏡，李隊長一手望遠鏡，一手是話筒，他說著：

「梁如雪的工作態度很不錯，和張學良的關係搞得很好，不過就是有點不對頭，發揮的作用不大，主任交代的事，要不要跟她提提？是，主任再考慮。他們在山裡散步，趙四感冒沒出來……」

李隊長沒跟著，所以當張學良和梁如雪消失在轉角處時，魯台生闖了出來，李隊長沒見到。

魯台生像隻小猴子，從樹上溜下，嚇了梁如雪一跳，張學良也停下步子，

「你就是老逃學的那個，又不好好上課。聽說要採訪我？」

「是，報告將軍，我想寫一篇採訪稿，學校裡有份刊物，我可以刊登在那裡。」

「可以採訪的人很多，採訪我這個老頭幹嘛？」

「報告將軍，你是我認識的人當中最偉大的一個。」

「我有什麼偉大？」

「你是張學良呀。」

「不是開學了嗎？」梁如雪打斷他們的談話。

「暫時離開一下教室。」

「又逃學。」張學良罵。

「專心念書考大學，寫這個稿子有特殊意義嗎？」梁如雪問。

「替自己高中三年留點東西。」

「呵，好大的志氣。」

梁如雪原想制止魯台生，可是張學良沒有排斥的表情，她伴在一旁，三個人繼續朝山上走去，魯台生一手拿筆一手拿筆記簿，結巴地發問。所有問題如他當初說的，張學良也沒推諉，一一回答，最後一題，張學良說：

「我最想做的事呀，沒什麼了不起，想跟老朋友好好吃頓飯，喝點酒，然後回家什麼也不想，呼呼大睡一場。」

梁如雪笑了，笑得很小聲，沒讓張學良聽到。

一九八一年（民國七〇年）二月十八日星期三（正月十四日）

主任與藍蔚天隔著辦公桌面對面發呆，藍蔚天指指桌上的豆漿燒餅：

「先吃你的早飯，進辦公室前特別兜去永和帶來的。」

雖然咬了口燒餅，主任仍若有所思，他猛然用力抓起電話撥號：

「我是主任，請梁如雪回辦公室來一趟。」

藍蔚天抽起菸：

「要梁如雪在張公館想辦法？」

主任點點頭：

「嗯，張學良身上有兩件事我們非得盡快搞定不可，一件是說服上面不能放鬆對張學良的工作，一件是找出電報。老總統一生的榮譽不能毀在這樁事上。香港有消息嗎？」

藍蔚天搖頭，不過沉穩地說：

「主任，記得張學良第一個被幽禁的地方吧。」

「南京雞鳴山下的宋子文公館？還是被判刑以後住的太平門外孔祥熙公館？」

「不，再之後。」

「蔣公要他好好反省，特別把他送去浙江奉化的溪口老家。」

「對，他被安排先住在武嶺小學，沒幾天搬去溪口雪竇寺的中國旅行社招待所，這一住將近一年。」

「日本人打上海的時候，才把他移去安徽黃山。」

「不，主任，之前不是發生一場大火，燒了雪竇山中國旅行社的招待所。」

「按局裡的資料，張學良要下人燉什麼菜，不小心一把火燒到天花板。」

「嘿，我覺得那是調虎離山計。」

主任的頭幾乎伸到桌面那頭去。

「主任，你認為那時蔣公不想找回電報？一定找了，戴笠花了大工夫成立『軍統局派駐張學良先生招待所特務隊』，隊長中校劉乙光一幹十多年，其間被蔣公召見多次，會不替蔣公找電報？不可能。」

「可是什麼也沒找到——等等，兄弟，你的意思是，我們再放把火，把屋裡的人都嚇出來，徹底搜查張學良家？」

「也許什麼也搜不到，不過，是個主意吧。」

主任的身子退回椅子內，

「行不通，此一時，彼一時，蔣公逝世之後，有人醞釀裁撤我們這些外圍單位，有人說防止王昇坐大，把所有情治單位整合，我們是池魚。再說一代新人急著換舊人，要是放火，他們正好抓到小辮子，不掀我們的底才怪。而且那張電報是張學良最後的救命符，這麼多年都找不到，一定藏在特殊地方，讓梁如雪先設法套套話。」

「美人計？」

「談不上，不過看她跟張學良夫婦處得不錯，說不定哪天喝兩杯小酒，把話題引出來，張學良不經意可能透出點口風。」

藍蔚天沒回應，兩手交叉在胸前垂頭想事情。

「我先跟梁如雪談談，你的主意多，在我這兒待一下，等梁如雪來，幫我敲邊鼓，至少得讓這個小女孩明白事情的重要性。」

「三個臭皮匠。」藍蔚天應了聲。

•

梁思漢腋下夾著牛皮袋從中山南路與仁愛路口的國民黨中央黨部[1]裡走出來，這棟紅磚瓦的樓房，長年來已被空氣染成暗灰色。他走進斜對面的新公園，不少人圍在橋上餵金魚，以前他也帶小雪來，先準備好吐司麵包皮，捏成一小球一小球，一掌撒下去，幾十條錦鯉圍上來搶著吃，水能濺到小雪臉上。是誰對他說的？不能這麼餵魚，要是所有人都餵，金魚能給脹死。

在魚池旁找張空椅坐下，打開牛皮袋，裡面是三本厚厚，看起來有些歲月的書。他戴上老花眼鏡，翻起手中的書。

難得天晴，陽光曬在後脖子，暖乎乎的。

•

梁如雪坐在主任對面，藍蔚天則坐在她斜後方的三人座長木椅上，他面無表情望著梁如雪的背影。

「今天找妳來，有特殊任務交辦。這位是藍蔚天同志，局裡的專門委員，經驗豐富，一起參與這件事。」

梁如雪緊張地回頭朝藍蔚天點頭示意，藍蔚天則毫無反應。

「我們必須找到當初先總統蔣公拍給張少帥的一通電報，妳得利用機會了解他可能藏貴重東西的地方，或者妳已經發現什麼了？」

梁如雪挺直背脊，臀部只坐了椅面的一半，兩手放在大腿上，相互緊握，說：

「大部分重要的東西，張先生都交給張夫人保管。年前蔣夫人寄來的畫，也是張夫人帶到樓上，收進臥房旁的一間房子裡，門上鎖著大鎖，誰也不能進去。」

主任朝藍蔚天看了一眼，用讚許的口吻對梁如雪說：

「很好，我知道那間房，鑰匙在張夫人手裡，連打掃也由她自己來。據妳了解，那間房內還有什麼重要的東西？」

「好像張先生收藏的骨董、字畫，他以前的資料，全收在那屋裡，我沒進去過，有次聽張先生對張夫人提過，北投潮濕，囑咐張夫人趁天氣好，把字畫拿出來曬曬。」

藍蔚天走到梁如雪身後，他開口時，梁如雪的身子震了一下。

「梁小姐，妳能想法子進那間屋子嗎？」

梁如雪的背不自覺地扭了扭，她仍對著主任說話，

「應該可以，不過我不會開鎖。」

「妳不會，沒關係，」藍蔚天說，「用這個相機把鎖拍下來。」

他將一個長方形扁扁的，如口香糖盒子般的小相機遞過去，梁如雪兩手接住。

「這是局裡的制式裝備，妳受訓時用過吧。」

梁如雪點頭。

「拍回來，尤其要把鎖上刻的廠牌、型號拍得清楚。」藍蔚天說，「最好是能弄到鑰匙，弄得到鑰匙嗎？」

不等梁如雪回答，藍蔚天用命令的語氣說：

「弄到鑰匙，我們會配一副，妳再把它送回去。拿了鑰匙想法子進那間房裡找找，電報可能放在防潮的盒子裡，餅乾盒、金幣盒，或是茶葉罐。」

「報告專門委員，什麼樣的電報？有多少份？」

主任朝藍蔚天看一眼，藍蔚天沒回應，主任接下話：

「很多年了，應該泛著黃，紙上有很深的皺摺。不多，頂多十來封，妳見到類似電報的紙，全帶回來。」

梁如雪僵直在椅上，仍等主任進一步的指示，可是藍蔚天卻嚴肅地說：

「沒事了，盡快回覆。記住，對誰都不准講，最高機密。」

梁如雪站起身，朝兩人行禮後出去。

主任笑著對藍蔚天說：

「還是你做事明快。你覺得這小女孩能辦得到嗎？」

「可以，任何人在壓力底下，都有承受的底限，愈接近底限愈能發揮潛力。主任你不是最懂這套，戴老爺子的基本理論。」

「知道戴老爺子下面一句嗎？要是超過底限呢？」

「就，」藍蔚天低沉地說，「崩潰。」

．

梁如雪在張家對面的崗哨外踩著方步，高個兒便衣人員朝她喊：

「梁小姐，我在局裡的尾牙抽中一台全自動咖啡機，試煮了一壺，來一杯？」

梁如雪笑笑走進水泥砌的小崗哨內，高個兒已替她倒了一杯，挺燙的。她將杯子放回桌面。一個復興高中男孩垂頭喪氣走過崗哨前，是魯台生，一人默默朝山上走。梁如雪心想，這回壓力夠強的了，主任直接找上老雷教官，魯台生採訪張學良的文章寫好先送到單位。梁如雪知道，送進單位，意思是文章別想刊登出來。她看過魯台生講的那份刊物，就幾個高中生油印大約幾十頁再釘上釘書針的小雜誌，裡面盡寫些愛呀情啦之類的年輕人心情，怎麼會想刊登採訪張學良這麼嚴肅的文章？

魯台生一直朝山上走，他去爬山？

轉回視線，山路下方又出現一個人影，走得很慢，很熟悉，梁如雪放下杯子衝出崗哨迎向那人，她喊：

「爸，你怎麼來了？」

爸喘著氣對她笑說：

「老囉，才走這點上坡，心臟跳不停，肺裡好像缺氧。」爸變了樣，背上多了個登山者用的背包，一邊還掛個水壺，一邊是把摺疊傘。爸得意地說：

「剛買的，沒背包哪像登山客。妳爸這模樣怎麼樣？」

他從袋裡拿出一盒印著「老天祿」的紙盒給梁如雪：

「在衡陽路買的，請妳同事吃，就說妳爸爬山經過這裡，給女兒帶來，這樣他們不會起疑心。」

梁如雪皺眉看著爸，老人家卻朝他擠擠右眼：

「怎麼樣，女兒幹特工，當爸爸的也學了點，像不像心疼女兒成天加班特別送零食來的可憐老爸爸。」

梁如雪收過紙盒，扶著爸的臂膀：

「什麼事這麼急？」

「興奮，憋不住，非得找個人說說，放眼天下，只有妳。」

「到前面擋泥牆那裡坐坐，這時候沒什麼人車。」

她先回崗哨，將手裡的紙盒交給高個兒：

「我爸，爬山順便帶了零嘴來，你們也吃，記得要留點給我。」

高個兒笑：

「咖啡配雞爪，這是中西合併式的下午茶。」

他見到梁伯伯正對他笑，趕緊改口大聲喊：

「謝謝梁伯伯。」

梁如雪回去陪著爸走到擋泥矮牆坐下，這裡離崗哨有四、五十公尺，沒人聽得見他們講話。

「爸，到底什麼事？」

「我找到老蔣非關張少帥的原因了。」

•

「民國二十年九月十八日，日本關東軍藉口東北軍炸毀瀋陽附近柳條湖的南滿鐵道鐵軌，發動全面的侵占東北行動，九一八事變。張學良和他的主力部隊在關內，本來他打算集中兵力守衛錦州，可是蔣介石下令，要他不抵抗，這就是歷史上說的『東北不抵抗主義』了。」

梁如雪點頭，並把咖啡杯塞進爸手裡，他沒喝，焦急地繼續說：

「到了年底，各方面對不抵抗主義很不滿，有學潮，有工潮，東北軍沒差點譁變，老蔣和張學良被迫辭去剿共總司令和副司令的職務，有些資料上說，老蔣曾經下令要求張學良死守錦州，國民政府行政院長孫科也去電，要張學良率東北軍誓死抵抗，不過，張學良沒打，沒多久連熱河也失陷。」

爸的眼神閃著光，直直盯著已陰暗的天際。

「今天去找老同事，他在中央黨部上班，弄了幾本書給我，給我找到一段，有意思，少帥被各界批評受不了，辭職後，由宋子文做中間人，小舅子陪姊夫坐火車到保定，約了張學良，三人在專車的車廂裡碰面，老蔣對少帥說，船上有兩個人，可是船只能載一個人，得有個人跳下去，怎麼辦？」

爸看看梁如雪，不過沒等女兒的答案，他接著說：

「我們這位少帥呀，天生的東北漢子個性，他居然說，我跳。這樣，小雪，妳明白了吧。」

梁如雪聽得似懂非懂。

「少帥把東北不抵抗而失守的責任一肩擔起來，都是他的錯，這樣老蔣就有擋箭牌，面對全國的罵聲，他頂著張學良這個擋箭牌，減少自己的傷害。」

「爸，你是說張學良被蔣公利用了？」

「心甘情願，也不能說利用，只能說，我們這位少帥是軍人脾氣，直，也愣，偏蔣介石是政治人物的個性，陰，更狠。你媽電視上看的那個什麼布袋戲《雲州大儒俠》裡面有句台詞，叫，可以死道友，不可死貧道。」

「你也跟著媽看布袋戲嘛，還老講媽。」

「看布袋戲學閩南語，哈哈。小雪，妳說，少帥這個人該令人欽佩還是該罵？而且，東北失守那天他不是陪趙四小姐跳舞，至於做什麼，我還沒找到資料，妳有機會要不要問問他？」

爸話才出口又覺得不妥，追加一句，

「妳不方便，不方便就別問，我再找找看，歷史不可能憑空消失。」

「爸，你覺得張學良究竟是好人還是壞人？」

「依我的看法，他是好人，偏偏遇上心眼多的老蔣，直愣愣硬頂下東北失守的責任，救了老蔣，結果東北沒了，手中的二十萬大軍給老蔣不費一槍一彈全吞了，再給關起來，老蔣還要他永世不得超生。」

「你就為這事跑上山來？」

「興奮，沒人可講，對以前的老同事講，擔心讓他們惹禍上身，對妳媽講，不如問她要不要我幫她打電話找牌搭子。」

梁如雪兩手挽進爸的夾克裡，臉也貼上去。

「喲，怎麼啦，對妳爸這麼親熱，給那個什麼趙崗的瞧見，不吃醋？」

梁如雪沒放手，把爸抱得緊緊。

•

梁如雪送爸下山搭大南公車，爸仍處於亢奮狀態中，她再三叮嚀，研究張學良是興趣，犯不著到處講，被有心人聽到，會招惹不必要的麻煩。

「知道，我幹一輩子軍人，怎麼不曉得分寸，再說我的話，沒人聽，當我是一肚子牢騷的老芋仔。只是我既然要搞，就得搞個清楚。搞懂了，心情輕鬆，覺得這幾天念書，有點小成就。」

爸發出響亮的得意笑聲。

「不要再亂逛，直接回家去，我先給媽打個電話，免得她又大驚小怪。」

「她還認定我在外面有女人呀？」

「誰叫她朋友的老婆爬山爬得和別的男人在一起，」梁如雪扯扯爸的背包，「你偏又打扮成登山客的樣子，我看你回到家，連晚飯也沒得吃。」

「不怕，有書有麵，我樂得耳根子清淨點。」

送爸上了公車，梁如雪在路邊的公用電話亭給家裡撥電話，講了爸剛來探過她的班，已經上公車回家，媽已嚷起來：

「死老猴，不知道他從早到晚到底忙什麼？要是外頭有女人，我剝掉他的皮。叫那個女人替他煮飯洗衣服，少來煩我。」

媽已在她的心裡製造出一個虛構的女人。爸退休後成天在家，媽一度很難適應，好不容易適應，爸又迷上圖書館，比上班更勤快，媽又若有所失，假設有個女人，倒成為媽發洩情緒的一種方法。

註釋

1. 當時國民黨的中央黨部設在台北市的仁愛路與中山南路口，日據時代的「赤十字會建物」，於一九九三年遷走，原址拆除後改建為張榮發基金會大樓。

一九八一年（民國七〇年）二月十九日星期四（正月十五日）

一早就進張家，張學良心情不錯，纏著趙四小姐要吃元宵。廚房內的鍋子已煮上水，桌上還有一碟沾了花生粉的麻糬。

「元宵元宵，就是得吃元宵，吃完元宵，年就過完了。」張學良嘮叨著。

「不是在燒開水了嘛。」趙四小姐回答。

張學良趁趙四小姐沒注意，兩個指頭捻起一塊麻糬放進嘴，趙四小姐才回頭，他已經裝得若無其事，拉著梁如雪去客廳：

「我被囚禁這麼多年，從浙江關到台灣，吃到過幾樣好東西，在奉化溪口吃到浙江人用發酵米蒸出來的糕，進嘴軟糊糊，牙齒咬下比嚼口香糖還有勁。到了新竹，又吃到客家人的麻糬，看起來是同一回事，都是蒸的，不過新竹人加上花生粉，多了甜味和甘香味，更有味道。有個壞處，吃多了消化不良，半夜翻胃酸，鬧得睡不好覺。」

梁如雪順著話說：「漢公可以把吃的記憶寫本書，叫，吃遍大江南北。」

「怎麼寫？要我寫報告還行，寫書，太傷腦子。這些年下來，妳看我膝蓋不行，頭髮掉光，唯一保養好的就是腦子。」張學良笑著說，「少用就是保養。」

「當日記似的寫呀，每則短短的。漢公寫日記嗎？」

「不行，」張學良步到院子，「寫吃的，大千比我行多了，他會吃會燒。這人呀，天才，就是有時候發發川驢子的脾氣，也挺討人厭的。蔣夫人要他教畫畫，他在大陸肯教，到了台灣就不肯教，說凡是他收學生，都得按照他們家大風堂的規矩，朝師父三跪九叩。叫宋美齡給他叩頭，這不是拐個大彎拒絕嗎。討人厭。」

說著說著，他笑起來，「我也沒好到哪兒，嚥不下那口氣，非在西安搞兵諫，不過我不後悔，大千也不後悔。我們個性強，兩頭驢子。」

梁如雪覺得手心全是汗，她鼓足勇氣又問：

「漢公真不寫日記？」

「寫給蔣介石看？我寫了幾封信給他，從沒回過，再說我的事全在腦子裡，存得好好，不必寫日記。」

•

摩耶精舍的廚房裡，張大千站在雯波夫人身後指點地說：

「喏，海參是山東大菜，不過用蔥燒，是浙江菜作法，只要烏參發得好，其他就沒大問題。先熱鍋爆蔥，炒香。雯波，別翻鍋，蔥嫩，炒兩下味道就出來。」

他急得手伸到鍋柄旁，有搶過來的意思，不過油花迸到他袖子，才收回手，他仍焦急地喊：「下烏參，加醬油、糖、酒。好，讓烏參在鍋裡燒燒，收點汁，濃稠點有賣相。燒菜，好吃固然重要，不好看，人家不吃，再好吃也沒用。」

護士露張臉在廚房門口：

「大師，電話，張岳公打來的。」

「喔，是岳公。」

張大千抹了抹額頭，匆匆快步到客廳去接電話。

•

中午趙崗開車上山來，接了梁如雪到新北投溫泉區去吃日本料理，日式旅館內開了個榻榻米的小房間，盤腿坐在几前，趙崗要了生魚片、炸蝦、手捲，再各來一碗天婦羅烏龍麵，外加一小壺熱騰騰的清酒。

「純吃飯？」梁如雪斜眼瞄了瞄趙崗。

「當然純吃飯，妳這是幹嘛，小人之心。」

「吃飯，街上有的是館子，跑到這個溫泉旅館來，我聞到陰謀的氣味。」

「圖個安靜而已。」

「真的只吃飯？」

兩人閒聊了些梁家父母的事，趙崗刻意裝得輕鬆模樣，卻沒幾口便把一壺酒全喝光。

「你不會沒事專程來找我吃中飯吧？」梁如雪搖晃著空酒壺說。

「有事，妳上回問我九一八事變發生當天張學良究竟在哪裡——」

「你說他抱著女人在跳舞，還去看平劇。」

「憑印象說的，不過回去以後我查了查，來給妳回報。哎，幹情報工作的，其實不需要知道太多來龍去脈，按照上級交代的去辦，單純點。」

「你知道我個性。」

「哈，打破沙鍋的處女座。」

「我爸想知道的。你查的結果呢？」

「說法很多，第一種最普遍的說法，那天他傷寒病癒，出院後去英國公使館參加晚宴，然後去看梅蘭芳唱戲。第二種，他在六國飯店跳舞，後來被人說成『趙四風流朱五狂』，還把大明星胡蝶扯了進去，不過人在上海的胡蝶登報否認，有一堆同時和她拍戲的演員出面作證，她沒和張學良在一起。第三種，他的情報不靈，根本不知道日本人入侵東北，大少爺在床上睡覺。第四種，他和東北軍的將領整夜開會，不過決定不抵抗。」

「你覺得哪一種可靠？」

「我哪搞得清，只不過妳問了，我總得據實以答。」

烏龍麵送來，梁如雪雖吃不下，可是不想掃興，趙崗對她的心意，她很感激。

「如雪，」趙崗挑著碗裡的麵說，「妳念的是法律，有沒有考慮去考研究所或是考律師、司法官？」

「你問這是什麼意思？」

「看妳最近的工作壓力很大，擔心。」

「你不是這個意思，是不是上面嫌我工作不力？」

「既然妳有感覺，我也直說，有點。」

「我不會認輸。」

「好吧，」趙崗捧起麵碗，「我盡全力支持妳，不過妳這兩天有什麼事，忙得氣色有點差。」

「我們是情報人員，」梁如雪也捧起碗打算喝湯，「你說的，各有祕密，不方便明講。」

梁如雪喝著湯，趙崗捧著麵碗愣了一會兒，也喝起湯。

•

張學良夫婦意外地已出門，聽說上周聯華牧師那兒去，趙四小姐不愛《明史》愛《聖經》。梁如雪決定趁機溜上樓看看。

她推推門，主臥室沒上鎖，記得趙四小姐習慣將鑰匙之類的小東西擱在床頭櫃第一個抽屜內。抽屜上了鎖，梁如雪側耳聽了聽，樓下沒動靜，她想用髮夾開鎖，打不開。翻了翻，發現下層抽屜沒上鎖，化妝品下面有把小鑰匙，居然是開上層抽屜的。打開抽屜，沒有隔壁儲藏室的鑰匙，什麼鑰匙都沒，裡面是本厚厚的黑封皮《聖經》。

退出臥室，她到儲藏室前，是把老式的司別靈鎖，扣在門邊的鐵片上，除非開鎖，或是撬開鐵片，梁如雪沒有其他選擇。她拿出袖珍相機先照主任交代的拍了鎖的照片，不過她仍想再試試開鎖的可能性，這是她立功的機會，而且她遺傳了父親好強的個性，不能讓主任認為她是不夠格的情報員。

局裡受訓時教過基本的開鎖手法，她摸出髮夾塞進鎖縫，沒有動靜，她再用力，不好，髮夾硬生生斷了一截在裡面。這下子急出她一頭冷汗，趙四小姐回來一定發現，到時怎麼交代？而且梁如雪想到她和張學良之間的信任就此破裂，心裡更焦急，甚至想下樓拿鋤頭敲了鎖，再報警說小偷闖空門。

不行，小偷不可能進得來。梁如雪想到崗哨內有大剪子，說不定能剪斷鎖口，也不行，換了鎖還得想辦法換了趙四小姐手中的鑰匙。她低下身，想挖出斷在裡面的髮夾，怎麼也掏不出來，一不小心，另一根髮夾掉到地上——不，掉在一雙平頭的黑布鞋前。

梁如雪一頭汗水，慢慢抬起臉，黑布鞋、黑長褲、黑短褂，再往上，竟然是平常在張家幫傭，大家稱她歐巴桑的吳媽媽。梁如雪不知該笑該叫，還是說她在地上找東西？吳媽媽繃著臉，沒露出任何表情，死死盯著跪在地上握著髮夾的梁如雪。

•

是吳媽媽用鑷子取出那一小截髮夾，並且用另一支小鑷子打開鎖，梁如雪以為她要進儲藏室內去找東西，吳媽媽卻自顧自下樓去了。

原來安排在張家的人是吳媽媽。

梁如雪不敢多問，她閃進去，打開燈，張學良所有的祕密與家當都在這裡，也許吳媽媽的層級低，主任沒交代她找什麼東西，但梁如雪知道，電報！

儲藏室大約三、四坪大，一邊靠牆擺著角鋼做的層板架，堆著許多雜物，看起來有畫也有骨董，最裡面是個敞開著的大木頭箱子，梁如雪上前看，盡是些信件與筆記本，尤其筆記本，幾十冊。她取出一冊翻翻，原來是張學良讀明史寫的筆記。外面沒聲音，她吸口氣，小心將信紙一張張攤平，專心用小相機拍下每張泛黃、布滿摺痕的信紙。

忽然聽見樓下傳來汽車聲，梁如雪將幾本筆記本和夾在其中還沒拍下的幾封信塞進外套裡，一急，其中一本又掉回木箱，想拾起來，可是已聽到關車門的聲音，她趕忙退出儲藏室，發抖的手鎖上那枚鎖，轉身快步下樓。

張學良爽朗的聲音傳上來：

「小妹，今天挑的這盆蘭花好，先擺在我書房，讓我享受幾天。」

•

張大千在畫室內對著寫滿字的宣紙點著頭，「就這麼了，好好吃他一頓。」

雯波夫人上前拿起紙看，上面寫的是菜單：

干貝鴨掌

紅油豬蹄

蒜薹臘肉

蠔油肚條
乾燒鰉翅
六一絲
蔥燒烏參
紹酒烱筍
乾燒明蝦
清蒸晚菘
粉蒸牛肉
魚羹燴麵
汆王瓜肉片
煮元宵
豆泥蒸餃
西瓜盅

「怎麼樣，可以吧。」張大千撫髯笑說。

「你的菜單我哪敢有意見，我是看哪些菜還得再去趟菜場補買材料。」雯波夫人回說。

「海參發好了，明蝦明早送來，豆泥今晚蒸，西瓜盅妳拿手。」

兩人一起看著雯波夫人手裡的菜單，張大千扶扶眼鏡，

「忘了酒，漢卿說他帶，老鄉長也說要帶，不過我們還是先備好，省得到時手忙腳亂。」

「確定明晚？」

「就明晚，天王老子來，也照樣準時開飯。」

一九八一年（民國七〇年）二月二十日星期五（正月十六日）

復興中學的校園內，上課時間，不過主任教官老雷卻和魯台生走在跑道上，他們橫過運動場到角落的軍械室，士官長老宋坐在門前，露營用的小瓦斯爐正燉著一個底燒黑的鍋子。

「報告主任教官，來得正好，燉了條羊腿。」

「老宋，你好興致，哪裡買的羊腿？」

「羅斯福路清真肉攤，鮮嫩，你在外頭館子很難吃到。」

老雷撿了幾塊磚堆成椅子坐下，魯台生在老雷的眼神下就地而坐。老宋打開鍋蓋，一股熱騰騰的香味轟地爆出來。

「你這小子，又闖禍？」老宋邊撈羊肉邊罵。

「就這次沒闖禍，想做點有意思的事，可惜做不成。」老雷將老宋遞來的羊肉碗先塞給魯台生，「有些事，雖然沒完成，努力過也是種成就。」

「不是有結果的事才有意義嗎？」魯台生低頭說。

「未必，」老雷搖頭，「對你們，我們做教官當然得這麼鼓勵，真實人生裡，做的過程常常比結果更重要。台生，稿子熬夜寫出來，要是真登上你們那本什麼青蘋果雜誌，是不是覺得小女朋友馬上會對你另眼相看？老師也許覺得你考大學還有點希望？至於你自己呢？最快樂的是不是那幾天纏著張學良的過程？」

老宋又盛出一碗遞給老雷，三個人就著鍋吃起來。

「可是又不讓我們登——」

「哎，」老雷吸了口湯，「和張學良無關，和你寫的好壞無關，是呀，你這一鬧，成天守在張學良家門口那幫子情治人員臉上還掛得住嗎？替他們想想，你已經做成了，他們卻擔心飯碗給砸了。」

這時山上隱隱傳來哨子聲，老雷站起身朝罩在細雨的遠方山嶺看看，

「張學良家好像出事，那些便衣猛吹哨子，難道有賊？」

•

一整個下午待在張家，看來趙四小姐沒有發現儲藏室內少了點東西。第一次做賊，梁如雪提心吊膽，連張學良都看出來：

「梁小姐，不舒服呀，回去休息，這裡沒事。」

回到宿舍，她將那本夾帶出來的筆記本放在床上，才用相機拍下第一頁，手就不由自主地停下。

外面有人喊她名字，高個子便衣喘氣跑上來，

「張大千和張學良通過話，他們今晚吃飯。」

崗哨內一片講電話的聲音，兩名便衣分別抓著話筒，李隊長帶著兩個人守在勤務車旁，盯著對面大開的木門。沒多久張家駛出一輛黑色汽車朝山下去，李隊長跳上車喊著：

「呼叫支援，派人盯住兩邊。梁如雪，妳坐下輛車跟來。」

梁如雪呆呆地看著兩輛車先後離去，她跳上第三輛車，聽到無線電裡傳來李隊長的吼聲，

「通知主任，摩耶精舍那邊也要人守著。」

原來下午四點多，梁如雪才回宿舍，來了輛車接張學良夫婦，兩名便衣人員上前盤查，不料車內坐的是張羣，沒人敢攔，趕緊打電話請示，李隊長帶人趕來，也不敢攔，就這麼，張學良夫婦出去了。

·

「王八蛋，給我出這個狀況。」主任甩下話筒。

藍蔚天推門進來問：

「張羣接張學良？這些老傢伙到底想幹什麼？」

「存心不把我們當回事，張學良真以為他自由了？」

「趕緊派人盯著，尤其檢查有沒有其他不速之客。」

主任看著藍蔚天：

「你的意思是？」

「當初在西安，不就莫名其妙跑來個周恩來。」

主任再抓起話筒，

「梁如雪的人呢？在車上？很好，叫她到摩耶精舍前面待命，先別急著進去，打草驚蛇，我馬上到。」

主任抓起外套：

「走，我們去看看。」

・

摩耶精舍前忽然來了三輛車，竄出十幾個穿黑風衣的男子，一看就知道是便衣的情治人員，他們散布在精舍外，有的講著手提式通話器。

張羣的車子開得很慢，時速頂多四十公里，李隊長的車子先到，他罵：

「開這麼慢，存心向我們示威嗎？」

「隊長，要不要攔下檢查？」

「檢查個屁，張岳公在車上，誰敢去檢查。梁如雪呢？」

張羣的汽車進了摩耶精舍，便衣人員都奉命沒攔，不過刻意站在路邊，充滿威嚇的意思。

梁如雪的車子跟著也到，李隊長攔住，朝車內喊，

「停在路邊待命，主任馬上到。」

・

張大千夫婦在門口迎接客人，見到張羣和張學良、趙四小姐張開兩手迎上去：

「鄉長、漢卿，酒菜齊備，就等諸位。」

張韋露出淺淺微笑：

「又麻煩你了，大千，你家門前很熱鬧。」

「年前就開始了。」

「我們吃我們的，幾副老骨頭，他們還能怎麼樣。」

說是這麼說，一行人垮著臉地走進屋內的飯廳，一張圓餐桌已擺滿了菜，張大千招呼大家坐下，喊著：

「先上鴨掌、豬蹄，酒，熱菜慢點來。」

客廳內的電話直響，雯波夫人去接，

「哪位？喔，大千請朋友吃飯，三張一王轉轉會，客人到了，馬上開飯。沒別的人，再說一次，您哪個單位的呀？」

講著，雯波夫人朝張大千眨眨眼。

張韋沒說話，舉起杯子朝其他人比，沾了沾唇。

•

主任的車子飛快趕來，他和藍蔚天下車，朝迎來的李隊長點點頭，問：

「沒不認得的客人？」

「沒。都是轉轉會的。」李隊長回答。

「裡面有人嗎？」

「沒，我們從沒安插人進張大千家，主任沒來，也不敢派人進去。他護士換班，我們攔住問了問，什麼也不知道。張大千常請客，護士搞不清今天請誰。」

「讓人員都退到隱蔽處，要讓他們有壓力，但不必太引人注意。」

「是。」

李隊長走開下達命令，一下子，所有黑風衣人全都不見。

主任見到梁如雪，朝她招手：

「進去儲藏室了？」

梁如雪點頭。

「找到什麼沒有？」

「有以前的信件，還有很多筆記本，都寫得滿滿的，找到幾張像電報的紙，沒空細看。」

「嗯，帶在身上？」

「是，在車上。」

主任想了想才說：

「妳進摩耶精舍去，張學良他們知道妳的身分，妳出現不奇怪，也給他們一點壓力。」

梁如雪有些猶豫，不過仍順從地轉身要過馬路，藍蔚天攔住，

「梁小姐，等等，妳不必直接闖進他們的飯局，在外面能聽到裡面講的話就行。要聽清楚。」

趙崗自己開輛老爺裕隆速利停下，他朝主任和藍蔚天點點頭，見梁如雪穿得單薄，將風衣脫下披上她肩膀。

梁如雪什麼也沒說，穿著趙崗的風衣，一步步邁過馬路，走進摩耶精舍。

「我看他們是故意的，拿張羣當尚方寶劍。」藍蔚天說。

「給我們顏色看，不甩我們，怎麼跟小孩子賭氣似的。」

主任邊說邊走向站在車旁的趙崗面前：

「局裡要你來，還是你自己來看熱鬧？」

「純屬個人行為。」趙崗看看腕錶，「主任，你看，已經過了下班時間，我來接女朋友的。」

「局裡對這事有意見？」

「不清楚，劉田單辦公室不歸局裡管，我們不聊其他單位的事，主任你知道，大家

都怕麻煩。」

「我們的行動，我們負責。」

趙崗微微彎腰，退後兩步。

主任和藍蔚天兩人坐進車子後座，拿起梁如雪留在後座的筆記本和信件，藍蔚天摸出手電筒，兩人頭靠頭看著那些資料。

一名便衣遞根國光菸給趙崗，他沒拒絕，默默望著昏暗細雨絲罩住的摩耶精舍。

•

梁如雪站在屋子外，聽見張學良的聲音念著：

「干貝鴨掌、紅油豬蹄、蒜薹臘肉、蠔油肚條、乾燒鰉翅、六一絲、蔥燒烏參、紹酒燜筍、乾燒明蝦，大千，你今晚準備的菜真不少。」

張大千的笑聲，他說：

「過年，總不能請你吃牛肉麵。」

又傳來眾人的笑聲。

「這道西瓜盅倒很別致。」張學良的聲音。

「喏，我發明的菜，這道西瓜盅，先把瓜肉挖出來，菜呀肉的放進去，用半個西瓜皮當鍋子去蒸。」張大千的四川口音裡充滿熱情。
又傳出來一陣笑聲和誇讚聲。
「大千的夫人好，這麼多年都幫他夾菜，體貼。」這是張羣的聲音。
「免得他大褂的袖子沾到菜，打翻了杯碗。」張大千的雯波夫人說。
「也是，還有另外一個原因，」張大千笑聲傳出屋，「她不讓我吃的就不夾。」
「醫生規定的。」雯波夫人說。
又是一陣笑聲。
一位穿著花布衣服的歐巴桑走出屋，見到院子裡的梁如雪，朝她比比手，梁如雪上前解釋，
「我是隨張漢公來的，在外面等就可以。」
「張漢公交代，外面冷，妳到客廳裡坐。」
梁如雪不好再堅持，隨著歐巴桑進客廳，找張椅子便坐下，歐巴桑端來一杯茶，另一個盤子裡有些炒得還冒著煙的菜。
「大師自己炒的六一絲，說請妳也嚐嚐。」
「不好意思——」
「大師的規矩，在摩耶精舍，沒人餓著。」

梁如雪恭敬地又接下一碗飯和一碗湯。

•

主任和藍蔚天仍忙著讀張學良的信件與筆記，主任看得有點眼花，舉起筆記本說：

「這到底是什麼？」

「寫的全是明朝的歷史。」藍蔚天皺眉回答，「記得張學良被拘禁在貴州修文縣的陽明洞，那個時候開始他讀起王陽明的書，再研究起明史，看來像是那時寫的筆記。」

「不是他的筆跡。」主任說。

「他眼睛不好，他念，趙四幫忙記下。」

「你看的那幾封信呢？」

「有張治中寫來的，有——等等，這封是周恩來寫的。」

「我看。」

主任將信搶去，藍蔚天將手電筒的光打在信紙上。

「幾十年前的信，不是那封電報。」主任嘟著嘴朝窗外喊，「趙崗，趙崗。」

趙崗守在門旁，聽到叫聲即過去，彎下腰對著車窗內的主任說話。

「是，主任。」

「梁如雪跟你說了什麼沒？」

「說什麼？」趙崗一臉困惑，「她什麼也沒說，我好幾天沒見到她了。」

主任臭著臉，再回頭去看信件。他對藍蔚天說：

「還得叫梁如雪再進去翻一次，她昨天進去的時間太短，張學良和趙四很早就回去，而且，」主任對車窗外的趙崗說，「她真沒對你說過什麼？」

「她說，這幾天要好好睡覺，把過年那陣子值班損失的覺補回來，」趙崗弓腰對著皺起眉頭的主任，「喔，對不起，貴單位的事，我不該多說什麼。」

・

梁如雪小口吃著飯菜，屋內的談話聲音很大，她坐在外頭也能聽得很清楚。

「漢卿，有餃子，我做的豆泥蒸餃。」張大千的聲音，「當點心，燙，先吹吹。你跟我夫人求求情，我，我，只吃一隻。」

又是一片笑聲。

這時門外傳來腳步聲，梁如雪站起來，是主任帶著五、六個幹員進來，雯波夫人聞聲出來，「是周主任，吃過飯沒，來，一起吃。」

「來給張大師拜年。」主任冷冰冰的聲音。

「都正月十六，燈籠都放過，年過完囉。」雯波夫人笑咪咪回道。

「那——」主任看了梁如雪一眼。

裡面的飯廳傳來一陣吃東西的聲音，然後再傳出張大千的聲音：

「這頓飯原來年初二要吃的，東搞西搞，要不是張岳公出面，還不知道哪天才吃成。今天大年十六了，已經過了元宵，不過對我們這幫子老朋友，照樣算過年。」

傳出鼓掌聲，張學良也喊著：

「過年，照樣過年。」

「所以，我準備了元宵。」張大千說，「幫我把瓦斯爐拿到這邊來，我在桌邊給大家煮元宵。」

主任連再見也沒說，領著人大步出去了。

雯波夫人朝梁如雪笑笑，慢慢走回飯廳。梁如雪聽不見室內有人講話，突然間摩耶精舍安靜得如同深夜般——不，她聽見打瓦斯的卡卡聲、開水的噗噗聲，聽見下元宵的聲音，然後是張大千的聲音：

「來，今晚不管糖尿病、血壓高、心臟病，每人一碗兩顆元宵。」

傳來輕微的碗匙碰撞聲音，「從今年起，」換成張大千的四川音，「以後我們每年都得到正月十六，才算過完年。」

屋內一片沉寂，只聽到吃元宵的窸窸窣窣聲音。似乎元宵很燙，有人吱吱吸著元宵裡的芝麻，也有人呼呼吹著湯，沒人說話，很久沒人說話，似乎那是碗好吃得不得了的湯圓，所有人忘記說話。

幾分鐘後，是張學良的聲音：

「這麼多年了，為了我，大家吃頓飯也得被幾十把槍圍著。我，兩字任人呼不肖，一生誤我是聰明。」聲音停頓了好一會兒，「我有幾句話，小妹，辛苦了，記得我寫過的那幾句吧，大廈既傾、樹倒猢猻散之後，仍有紅顏知己，捨命相從，坐通牢底，生死不渝。我張學良這一生，何其有幸，何其有幸。」

沒人應聲，但所有吃元宵、喝湯、碗匙的聲音全都停止。

梁如雪拿出手帕擦拭她的眼角。

一九八一年（民國七〇年）二月二十三日星期一（正月十九日）

一早，張學良夫婦坐著車去做禮拜，梁如雪與趙崗在崗哨內看著車子離去，趙崗說：「妳確定？」

梁如雪點頭：

「最後一次出任務。」

說著她走過馬路，進入張家。

沒見到吳媽媽的人，一早聽說主任找她回辦公室。梁如雪再左右看看，小心舉步上樓，拿出藍蔚天前晚交給她的鑰匙打開儲藏室的鎖，進入室內後，將信件與筆記本放回原處，然後挑起那天來不及帶走的筆記本，翻到中間，裡面有張摺縫處已綻開的泛黃紙張，她小心攤開看，是張剪報，一九三一年九月二十二日的，頭版大標題寫著：

蔣主席演說對日步驟

我國民此刻必須上下一致，先以公理對強權，以和平對野蠻，忍痛含憤，暫取逆來順受之態度，靜待國際公理之判斷。

她又摺起剪報，收進筆記本，再將筆記本塞回最下層。她環視儲藏室一遍，才緩緩退出。

趙崗站在崗哨前抽菸，見到梁如雪便扔下菸踩熄，

「仍然沒找到？」

「嗯。」

「任務失敗。」

「恐怕我不是幹這行的料，讓長官失望了。」

「也沒什麼，天不會塌下來。」

「對不起。」

「有什麼好對不起的，我又不是妳長官。倒是，不後悔？」

「我想念我的床。」

「明天起，睡到不能睡為止？」

他們兩人緩緩朝山下走去，意外的在復興中學後圍牆下見到魯台生，他捧著課本喃喃自語。

「小兄弟，怎麼用起功啦？」趙崗打趣地問。

魯台生沒理他。

「離大學聯考還有四個月，說長也長，說短也短，加油囉。」

他們順著復興中學的圍牆朝山下走，老雷站在校門口，挺得像尊銅像，梁如雪朝他行個舉手禮，老雷兩腳後跟一靠，右手指尖貼著大盤帽邊緣回禮。

在山下等公車時，梁如雪忽然想起，她問趙崗：

「你身體不合格不能當飛行員，到底什麼地方不合格？」

趙崗沉思了幾秒，露出微笑說：

「要我去醫院先做健康檢查再求婚嗎？」

「不說算了。」

「說，不是身體，是我媽後來進了精神病院，成了我的黑資料，考空軍官校被刷了下來。」

「這麼嚴重？」

「不嚴重，做子女的，偶爾背點父母的遺產，是福氣。」

梁如雪不再問，她伸手握住趙崗冰冷的手，悄悄將兩隻手都收進她的外套口袋。

一九八一年（民國七〇年）二月二十四日星期二（正月二十日）

圖書館內，爸低頭埋首在書與筆記本裡，梁如雪提著一袋書坐在父親對面，見到女兒，爸又笑了：

「怎麼，不上班跑來念書？」

「嗯，我想考司法官，得好好讀讀書。」

爸思考了一下才回答：

「也好，妳一向功課好，一定考得上。」

梁如雪望望父親的筆記本，

「爸，你在寫小說？」

爸得意地說：

「歷史小說。」

「喔，寫什麼？不寫張學良傳啦？」

「也跟張學良有關。小雪，寫的是人，人呀複雜，會隨著環境改變，不是一成不變的。變的過程裡，就是人生唷。」

「男主角是張學良？」

「還有他的東北大軍。」

「書名叫什麼？」

爸將筆記本推到女兒眼前說：

「失落的大軍。」

梁如雪笑了。

「妳媽也知道妳的決定了？」

「嗯。」

「她沒嚕囌？」

「她說中午給我們送飯來，一人一隻大雞腿。」

父女倆相視而笑。

十三年後

梁如雪和魯台生坐在民生東路巷子內的一家咖啡館內，下午的陽光從木製百葉窗的縫隙間洩到他們的桌上。

「梁姐姐，那封電報後來怎樣了？」魯台生瞪圓眼睛看著梁如雪。

「我沒找到，今天拍賣項目裡也沒這項，可能還在張學良身上吧。」

「他留著當紀念品？」

「嗯，」梁如雪想了想，「說不定他根本忘了，連那些明史的筆記本全賣給收廢紙的。」

「廢紙喔？那會送到紙廠，在機器裡一絞，做再生紙。」

「對呀，說不定做成中學生的歷史課本。」

「課本裡藏了真正的歷史？」魯台生笑起來，「梁姐姐，妳該辭了檢察官的工作去寫小說。」

「我老公也這麼說。對了，老雷教官有消息沒？」

「調去東部一所學校，聽說在海邊買了棟房子，衝浪、釣魚。」

兩人沉默下來，咖啡店的門上拴了個鈴鐺，有人進出便發出清脆的叮噹聲。梁如雪付了賬，兩人走到外面的巷子裡，梁如雪對魯台生揮揮手，

「你有我的名片，下次約了去爬大屯山。」

「說不定再敲敲張學良家的大門。」

他們相視笑起來。

梁如雪在巷口揮手招來計程車，車子朝敦化南路的方向駛去。

魯台生過馬路，在騎樓下推出他的野狼機車，橫揹相機袋，一手握油門，一手握煞車，右腳用力踩了幾下才發動引擎。野狼下了人行紅磚道，他扭頭看看後方，沒車，一加油門，快速朝中山北路的方向飆去，此時黃昏的落日正懶洋洋地掛在民生西路盡頭處。

後記

・一九八一年二月二十日（農曆正月十六日），張大千夫婦在家中宴請張學良夫婦，還有張羣與他的兒子張繼正夫婦等一干老朋友作陪，於是張大千自己擬訂菜單並下廚做菜，因而這天的晚餐成為傳奇。

・張大千請張學良吃飯的菜單，目前由台灣的廣達電子董事長林百里收藏。

・張大千於民國七十二（一九八三）年四月二日病逝於台北，也就是故事中晚宴的兩年後，享年八十四。他將摩耶精舍與大部分的骨董字畫收藏都捐給台北的故宮博物院。

・張羣於民國七十九（一九九〇）年十二月十四日病逝於台北，享年一百零二。

・蔣經國於民國七十六（一九八七）年七月十五日解除戒嚴令，結束台灣長達三十八年戒嚴時期。他於七十七（一九八八）年一月十三日病逝，享年七十八。

・張學良於民國七十六（一九八七）年的解除戒嚴令後，行動上仍受限制，直到民國七十七年徹底獲得自由，並於八十四（一九九五）年由台北移居美國夏威夷，民國九十（二〇〇一）年十月十四日病逝當地，享年一百。他沒有再回過大陸。

・王昇，本名王化行，民國八十二（一九九三）年被免除總政治作戰部主任，改調三軍聯合作戰部主任，他領導的「劉少康辦公室」同時被裁撤。他於二〇〇五年回到大陸參加抗戰勝利六十周年活動，翌年過世，享年九十。

・故事裡，復興高中的魯台生，後來成為記者，於民國八十二（一九九三）年初採訪張學良，他提起以前在學校後面山上見過張學良夫婦幾次的往事，張學良當時思考了一下子說：「你就是那個老逃學的小子，現在逃不逃班呀。」

（附錄）

春節前專訪九三老人／張少帥愈老愈浪漫

採訪／張國立

「我從不是個花花公子，不過現在你們也許可以說我是個花花老人。」

九十三歲的張學良對我們這麼說，他說：

「你們看，我現在花最多時間的地方就是床上，有時候早上十一點才起床，吃過中飯又去睡，一覺到三點，你們說我浪不浪漫。」

如果床和浪漫有其必然關係，我對張學良的說法自然沒有疑問，但，床之外，似乎還應該有點其他的。

「蔣介石一生最崇拜王陽明，所以他相信王陽明說的『我看，花在；我不看花，花不在』，我不認為如此，我相信『我看花，花在；我不看花，花還在』。」張學良笑著說，

「經國先生是我最佩服的一個人，他有糖尿病，不能吃糖，有一次我去看他，他居然抱著一瓶汽水在喝，他還說，你們不許我吃糖，喝汽水總可以吧。」

不管看不看花，花始終都在。

從花花老人，看花與不看花，到經國先生喝汽水，其間究竟與張學良的浪漫有何了不起的關係？

從年輕時說起吧。

「我生在軍人的家庭，最崇拜的人之一就是我的父親張作霖。從小我想當醫生，可是父親不同意，我那時下定決心，連車船票都買了，打算離家出走，一個人到奧國去學醫，我的一個朋友勸我不要忤逆父親，我的一生幾乎都受這個朋友的影響，他給我出了個主意，要我告訴父親去美國念軍校，他說我父親一定很高興，而我到了美國學醫，父親也管不到了。

「你們看，這個主意真不錯，很滑頭。我聽了他的話，沒去奧國，不過因為戰爭，也沒去成美國，我得帶兵打仗。」

照張學良的說法，他的成為軍人可以說是命運的安排，否則如今不但歷史改寫，張學良的頭銜也完全不同，不是張將軍，而是張醫師了。

當了軍人，張學良也不完全後悔。

當年我支持中國統一／倒不是支持蔣先生

「我很傲的，母親過世後不久，有天父親對我說我母親留下筆錢，我可以和我姊姊和弟弟分，我說了大話，我說別說我母親的錢，連我父親的錢我也沒看在眼裡。我對父親說，我將來賺的只怕比他還多。我父親聽了直笑。做軍人也一樣，我進了講武堂，成績總是在前幾名，其他學生不服氣，認為我是沾我父親的光，學校為此又考了一次試，五道題我答對三道半，最高分，才沒有人不服氣。我這個人的毛病就是不服輸。」

民國初年，張學良擁兵數十萬，唯一可以和國民革命軍相抗衡的只有他，但一夜間東北易幟，張學良率東三省投向中央，這一直很令人想不通，尤其在那個人人可以當皇帝的時代裡，唯一的解釋恐怕只有張學良與日本的不共戴天之仇了。

「倒也不全然如此，我認為中國一定要統一，統一之後才能救中國。」

張學良又說：

「我支持中國統一，倒不是支持蔣先生。」

為了促成中國統一，張學良放棄了做「東北王」的機會，寧可做國民革命軍中第二把的副司令。

副司令和西安事變的真切關係又如何？到今天，自認浪漫的張學良又可曾後悔？

「西安事變絕對是我一手策畫的，楊虎城是個好人，卻也是個粗人，對事情看不清楚，英雄主義太高，所以整個事件是由我負責的，楊虎城只是同意。

「至於你們問我，為什麼有西安事變，我只能這麼說，我相信中國一定要統一，要槍口朝外，不要再打內戰了。這是我的一貫信仰，從東北易幟到西安事變都如此，談不上什麼後不後悔。」

西安事變之後，張學良的一生幾乎就不再和政治有關，接下來，他的命運和蔣介石分不開。

「對於蔣介石，在他過世的時候我私下寫了一副輓聯：關切之殷，情同骨肉；政見之爭，宛如仇讎。

「對於蔣先生，胡漢民曾說過一句話：『以前在孫文面前說話說慣了，如今可說出問題來了』。你們懂意思吧？孫先生對玩笑話一向不以為意，蔣先生可不行，他是個軍人。」

我只有一件事不明白／他為什麼要殺楊虎城？

於公，張學良蔣先生之間，在基本上的看法有所不同，但於私，「事變後我跟蔣先生到洛陽，一下飛機蔣先生就告訴他的左右，要照顧副司令，晚上又要我和他睡一間房。我懂他的意思，他是怕他下面的人對我不利。」

其實張學良在西安事變後，應該很清楚他會有什麼下場，當時他仍軍權在握，為什麼隻身隨蔣介石到南京去呢？

「我怎麼會不知道去南京的結果，周恩來也勸我不要去，但我非去不可，我雖然不想做軍人，可是我做了，軍人就得服從命令，何況我也把我的看法（註：停止內戰，一致抗戰）向蔣先生表示得很清楚，聽不聽在他了。」

到了南京，西安事變面對軍法審判，他笑著說：

「審判長是以前江西督軍，參加二次革命的李烈鈞，他問我為什麼不服從命令，為什麼反抗我的上司蔣先生，我反問他：『當初你為什麼反抗袁世凱？』所以我有沒有罪，李烈鈞應該最清楚。

「我不恨任何人，尤其不恨蔣先生，我們情同骨肉，宋美齡最了解。對蔣先生，我只有一件事不明白，他為什麼要殺楊虎城？該處死的是我才對。

「我一生最不重視物質，什麼錢和權，對我都是最不重要的東西，所以要我恨什麼？更何況我現在很快樂。」

張學良說著，又開心笑起來。我想，他雖然已九十三歲，而仍如此快樂與健康的主要原因，大概與他無所求及無所隱藏有關吧。

在北投復興中學旁的這個角落裡，張學良度過他的後半生，念中學時，我每次蹺課為了躲教官與糾察隊，總故意兜個圈子，先往上走，再繞過大屯山腰，從珠海中學旁下山，有幾次會在山路上看到一對老夫婦散步，最初並不留意，有一次學校防空演習，我們躲到後山上，又看到那對老夫婦，老師告訴我們：

「他就是張學良，我們的鄰居。」

很難形容歷史人物突然出現在眼前的感覺，也許令我感到有些淒涼吧，不過如今面對張學良，聽著他的浪漫理論，卻有完全不同的感受，一如無論多了不起的歷史事件在課本上也不頂多那幾百字？

他走過歷史，我們猛K歷史，但歷史在張學良口中，卻是那麼的平淡。我想其間的差異，應該是心境的不同，或是張學良真的比我們都浪漫、瀟灑？

我現在是秋後的蚱蜢／只想回家去看看親友

人生竟是如此的不可捉摸，若不是直奉戰爭，張學良也許到美國學醫；若不是日本人炸死張作霖，張學良不會這麼早就捲入歷史之中；若不是固執的向蔣介石進言，不可能發生西安事變；若不是他堅持自己是軍人，堅持服從命令，張學良的下半生又怎可能給在北投一個躲防空演習的中學生遇到？

當然，如今這都已不再重要，重要的是，張學良真的快樂，如他所說的浪漫？

「哈哈，我現在是秋後的蚱蜢，跳不了幾天了，如果說還有什麼事想做，大概就只有回家去看看了。看看大陸的情形，看看親戚朋友和家鄉，可是左腿很疼，沒法子去，得等好一點再說了。」

或許這正是張學良的浪漫吧，他可以盡情睡上一整天，不會有人管他吃不吃糖；他可以愉快的說蔣介石和他「情同骨肉，宛如仇讎」，不會有人說他的用語恰不恰當；他可以把歷史在談笑之間重新定義一番，因為他自己就是歷史；他更可以坦然的告訴你，西安事變由他負責，不論你對西安事變的評價如何。

張學良是浪漫的，但是最後，他的祕書上前來說，還有一個應酬等著他。張學良笑著說：

「我內人擔心我講太多話會累著，來催我休息了。」

那就提出最後一個問題吧。

「將軍，您一直支持中國統一，現在的態度是否還是如此？」

「中國統一？我一向都支持中國統一，我們要掛青天白日旗，他們要掛五星旗，暫時只有你幹你的，我幹我的吧。」

張學良說的：

「我看花，花在；我不看花，花也在。」

這是農曆春節（一九九三年）前，某天下午，一個偶然的機會裡，聽張學良談起他的浪漫的經過。

（刊於《時報周刊》七八一期，一九九三年二月十四日）

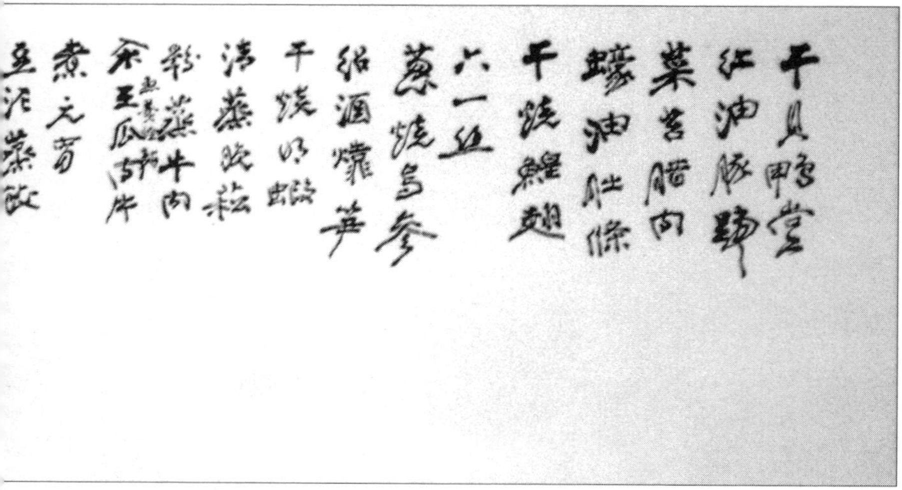

張大千菜單

1981年2月20日星期五（農曆正月十六日），張大千在他的摩耶精舍請張學良夫妻與其他幾位老友吃晚飯，留下這張菜單，經拍賣後，目前據說由林百里珍藏，在摩耶精舍的飯廳內，一張大圓桌與十幾把椅子之外，牆上也掛著這張複製品的菜單，依稀能感受到當年張大千「家府菜」的菜香味。

北投幽雅路的少帥禪園

位於北投山中，新北投捷運站有公車或禪園的接客巴士載客上去。一般以為這裡是張學良故居，其實是他被軟禁的地方。當他從新竹遷移至台北時，短暫地被安全局接待在這個招待所裡，不久即在蔣經國安排下，於北投大屯山的山腳另購地蓋屋，便搬離此處。據禪園的服務生說，如今這個建在山坡上與階梯間的日式建築仍為安全局所有，只是租給民間經營罷了。裡面有咖啡廳、餐廳、溫泉，對外開放。

癸亥新秋

張學良故居

張學良在新竹的拘禁處

位於新竹縣五峰鄉的清泉部落，日據時代這裡是「井上溫泉療養所」。張學良於1945年被蔣介石送到台灣後，在台北市的陽明山住了一晚，即被專人送到這裡，於1962年遷回台北，暫住於如今是少帥禪園的安全局招待所。次年，葛樂禮颱風襲擊台灣，在山區引發土石流，井上溫泉的木造建築被沖垮，近年才重建，位置也有變動。
著名的女作家三毛過去也住在附近的天主堂。

重建後的井上溫泉招待所

恢復原來木造房子的面貌，這裡原是原住民泰雅族的棲息地，過去得申請入山證才能進入五峰鄉，如今已開放，不過仍嚴格禁建，所以山間一整片山地經過整建也仍顯得十分清幽，不過觀光客多了點。

清泉吊橋

恢復原來木造房子的面貌，這裡原是原住民泰雅族的棲息地，過去清泉以溫泉聞名，由三座吊橋通往溫泉區，當地餐廳打著「將軍餐」招徠客人。張學良在的時候只有一座僅供行人通過狹窄吊橋，而日常飲食多向當地泰雅族居民購買。

故居前的張學良夫妻銅像

位於新竹縣五峰鄉的清泉部落，日據時代這裡是「井上溫泉療養所」。張學良於1945年被蔣介石當張學良住在清泉時，國民黨嚴格封鎖消息，但山裡的居民都知道愛散步的張將軍與養雞的張夫人。故居經過重建後，屋前也樹立張學良夫婦的銅像。

重建後的日式平房

台灣的日式平房所存不多，和木屋不易保養、都市更新都有關係，目前台北市內保存仍佳也對外開放的有舊市長官邸（已開放做藝文用途）、北投文物館（也對外開放）。

張學良在台灣最後落腳之處，北投復興三路的故居

蔣經國代為買的地，張學良夫妻流浪數十年後，終於在此有了自己的家，一住二十多年，遷去夏威夷後，他賣了這棟房子，不過新屋主顯然沒有妥善利用，至今仍一片荒蕪。據當地房仲業者說，有人想將此房改建，但發現當初張宅有部分是國有的山林地，按照法令無法蓋房子，所以只有空置。

北投復興三路

這是北投復興三路，大屯山的山腳下，這條窄小的柏油路一路往上，最後結束在石級路前，登山客由此爬向台北最高的七星山，也有小路通往陽明山。山下則是北投市區。

張大千當年住在台北外雙溪畔的摩耶精舍

張大千從美國來到台北後一直住在這裡，就在台北故宮的山上，目前也歸故宮管理，凡要去參訪者必須先上網登記，每次開放的名額有限。最近一次我去，恰好遇到一對曾經在摩耶精舍吃過「張府菜」的老夫妻，老太太提到那天的晚餐，兩眼仍閃爍著光芒，可惜她已說不出菜名了。

喔，那天參觀者中還有華裔的好萊塢演員盧燕，真巧。

印刻文學 393

INK PUBLISHING

張大千與張學良的晚宴

作　　者　張國立
圖片提供　張國立
總 編 輯　初安民
責任編輯　陳健瑜
美術編輯　黃昶憲
校　　對　謝惠鈴　陳健瑜　張國立

發 行 人　張書銘
出　　版　INK印刻文學生活雜誌出版有限公司
新北市中和區建一路249號8樓
電　　話　02-22281626
傳　　眞　02-22281598
e-mail　ink.book@msa.hinet.net
網　　址　舒讀網http://www.sudu.cc

法律顧問　漢廷法律事務所
劉大正律師
總 經 銷　成陽出版股份有限公司
電　　話　03-3589000（代表號）
傳　　眞　03-3556521
郵政劃撥　19000691 成陽出版股份有限公司
印　　刷　海王印刷事業股份有限公司

港澳總經銷　泛華發行代理有限公司
地　　址　香港筲箕灣東旺道3號星島新聞集團大廈3樓
電　　話　852-27982220
傳　　眞　852-27965471
網　　址　www.gccd.com.hk

出版日期　2014年 3 月　初版
2014年 8 月20日　初版二刷
ISBN　978-986-5823-66-5

定　價　290元

國家圖書館出版品預行編目資料

張大千與張學良的晚宴 / 張國立著
--初版, --新北市中和區： INK印刻文學,
2014.3　面；　公分.（印刻文學；393）
ISBN 978-986-5823-66-5 （平裝）
857.7　103000573